PRÉCIS HISTORIQUE

SUR L'ANCIENNE COMMUNAUTÉ

DES MAITRES EN CHIRURGIE

DE LA VILLE DE REIMS,

Par A. PHILLIPPE,

DOCTEUR EN MÉDECINE, CHIRURGIEN EN CHEF DE L'HÔTEL-DIEU, CHIRURGIEN DE L'HÔPITAL
DES SCROFULEUX ET DE CELUI DES CANCÉREUX,
PROFESSEUR DE CLINIQUE CHIRURGICALE A L'ÉCOLE DE MÉDECINE DE REIMS,
MEMBRE CORRESPONDANT DE L'ACADÉMIE IMPÉRIALE DE MÉDECINE ET DE PLUSIEURS SOCIÉTÉS
SAVANTES FRANÇAISES ET ÉTRANGÈRES.

REIMS,

Imprimerie de GÉRARD, Lithographe, rue Cérès, 8.

1853.

T

PRÉCIS HISTORIQUE.

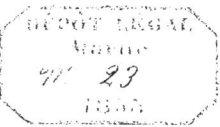

PRÉCIS HISTORIQUE

SUR L'ANCIENNE COMMUNAUTÉ

DES MAITRES EN CHIRURGIE

DE LA VILLE DE REIMS,

PAR A. PHILLIPPE,

DOCTEUR EN MÉDECINE, CHIRURGIEN EN CHEF DE L'HÔTEL-DIEU, CHIRURGIEN DE L'HÔPITAL
DES SCROFULEUX ET DE CELUI DES CANCÉREUX,
PROFESSEUR DE CLINIQUE CHIRURGICALE A L'ÉCOLE DE MÉDECINE DE REIMS,
MEMBRE CORRESPONDANT DE L'ACADÉMIE IMPÉRIALE DE MÉDECINE ET DE PLUSIEURS SOCIÉTÉS SAVANTES
FRANÇAISES ET ÉTRANGÈRES.

REIMS,

Imprimerie de GÉRARD, Lithographe, rue Cérès, 8.

1853.

A mes Confrères

de la Ville de Reims et de la Campagne.

A. PHILLIPPE.

AVANT-PROPOS.

Je dois à l'obligeance de M. Hédouin de Pons-Ludon la cession de documents précieux et peu connus sur l'ancienne Communauté des Maîtres en Chirurgie de la ville de Reims.

Ces documents, ensevelis dans les richesses bibliographiques de cet érudit, quoique constituant une partie intéressante de l'histoire de notre cité, ont été négligés par nos historiographes et sont restés inédits jusqu'aujourd'hui.

Cependant, il est de toute justice de rappeler que M. Maldan avait promis sur ce sujet une Notice qui devait faire suite à sa remarquable et curieuse histoire de notre Faculté de Médecine, insérée dans le quatrième volume de la *Chronique de Champagne ;* il est à regretter que ce savant collègue n'ait pas réalisé un projet dont l'exécution aurait eu tout à gagner sous sa plume habile et exercée.

Malgré mon infériorité, je crois faire une chose agréable à mes confrères et à mes concitoyens, en mettant en lumière les matériaux en question et en évoquant des souvenirs glorieux pour le pays, souvenirs qui se rattachent à des hommes qui l'ont illustré par l'éclat de leur supériorité chirurgicale.

Je considère la renommée de plusieurs membres de cette ancienne Communauté comme un héritage légué à la Chirurgie contemporaine. En conséquence, celle-ci doit l'entourer de tous ses hommages et lui vouer un culte révérencieux; il y aurait, en effet, de l'ingratitude à la laisser périr dans l'oubli et tomber dans la prescription.

Mais ma tâche n'eût été qu'incomplètement remplie, si je m'étais borné à célébrer la mémoire d'hommes qui ont honoré cette Corporation : il fallait encore parcourir les phases que celle-ci a eu à traverser sous les différents règnes, et reproduire, dans leur ordre chronologique, les Edits des Monarques, les Lettres patentes et les Ordonnances royales sous l'empire desquels la Chirurgie a été gouvernée.

J'aurais voulu jeter un voile sur une page affligeante de l'histoire des Chirurgiens; mais, pour être exact, j'ai été forcé, à mon grand regret, de parler de l'alliance monstrueuse et dégradante qui leur a été imposée frauduleusement par les Barbiers, alliance qui n'a été brisée qu'après plusieurs siècles des plus amères tribulations, et quand, dégagé des ténèbres qui l'obscurcissaient, l'astre de la Chirurgie s'est levé pur et radieux sur l'horizon de la France.

J'aurais voulu aussi passer sous silence l'apprentissage, coutume honteuse et avilissante qui abaissait la Chirurgie au rang des plus humbles métiers et qu'abolit l'autorité Royale, lorsqu'elle voulut rendre à notre art toute sa splendeur.

Après avoir défini le premier Chirurgien du Roi, j'ai exposé avec détail les attributions du Lieutenant de ce *garde et chef des Chartes de la Chirurgie et de la Barberie*, ainsi que celles des Jurés royaux et des Prévôts.

J'ai raconté toutes les circonstances relatives aux gagnans-maîtrise, déroulé le programme des examens des aspirans, et j'ai fait ressortir les différences qui existaient entre *le grand Chef-d'œuvre* et *la légère Expérience*; j'ai dit aussi en quoi consistaient *l'Examen sommaire*, *l'Immatricule* et la *Tentative*, les *Actes des trois Semaines*, et *l'Examen de rigueur*, mode de réception qui, en raison de son inféconde simplicité et de son insuffisance, a dû être banni entièrement de nos mœurs Chirurgicales actuelles et rayé de notre législation.

Je n'ai pas omis de rappeler la formule pieuse du serment prononcé par le Récipiendaire, le costume qu'il portait à son dernier examen, le modèle de la lettre de maîtrise qu'il recevait après sa consécration, et les droits qu'il acquittait près de la communauté.

J'ai expliqué ce qu'était *le Médecin Royal*, et le rôle qu'il remplissait dans les examens que subissaient les aspirans à la maîtrise.

J'ai encore dû faire connaître la circonscription très-étendue, mais incertaine et mal définie, du ressort dans lequel le Lieutenant du premier Chirurgien du Roi exerçait ses pouvoirs, ainsi que les conditions imposées à l'agrégation, c'est-à-dire aux maîtres qui émigraient d'un village dans une ville ou d'un district dans un autre.

J'ai parlé des priviléges accordés par le Roi aux Maîtres en Chirurgie, des droits, de la police et de la juridiction de ceux-ci, des signes distinctifs qu'ils devaient revêtir aux jours des solennités publiques, et du cérémonial adopté par eux aux funérailles de leurs confrères, usages regrettables, tombés en désuétude aujourd'hui, mais qui témoignaient d'un saint amour pour la dignité de l'art, et de sentiments empreints d'une touchante et sincère confraternité.

J'ai clos cette courte notice en présentant la liste des Maîtres en Chirurgie reçus pour Reims depuis 1604 jusqu'en 1791, et l'*index funereus* d'un grand nombre d'entre eux ; puis j'ai donné les noms de tous les Jurés, Prévôts, Doyens, Lieutenans qui ont exercé leur charge dans le cours de ces deux siècles et de ceux qui, par leur capacité et leur savoir, ont mérité l'honneur d'être élevés au poste éminent de Chirurgiens de l'Hôtel-Dieu.

Enfin, j'ai exposé le tableau des Maîtres en Chirurgie de la campagne reçus à Reims depuis 1662 jusqu'en 1790, indiqué leurs noms, le lieu de leur résidence et la date de leur réception.

PRÉCIS HISTORIQUE

SUR L'ANCIENNE COMMUNAUTÉ

DES MAITRES EN CHIRURGIE

DE LA VILLE DE REIMS.

COUP-D'ŒIL SUR LES ARCHIVES DE L'ANCIENNE COMMUNAUTÉ DES
MAÎTRES EN CHIRURGIE DE LA VILLE DE REIMS.

Les Archives de l'ancienne Communauté des Maîtres Chirurgiens de la ville de Reims se composaient : 1° d'un Registre appelé le *Livre-Bleu* ; il était divisé en trois parties : la première comptait 331 pages ; les 212 premières étaient employées à l'inscription des recettes et des mises des premiers Jurés, depuis 1662 jusqu'à 1673 inclusivement, et depuis l'année 1705 jusqu'en 1763 aussi inclusivement.

La 258ᵉ page et la suivante contenaient deux conclusions ; on a employé les pages depuis 266 jusqu'à 277 à écrire des conclusions de différens temps et sans ordre de date ; le reste était en blanc.

La seconde partie de ce livre devait être consacrée aux conclusions ; elle renfermait 59 pages ; il y en avait 24 de remplies ; le reste était intact. On a commencé par y mettre l'extrait d'un ancien livre où était un règlement pour les *Chefs-d'œuvre* des Maîtres de la Ville. Cet extrait était daté du 15 mai 1656; il a été transcrit sur le *Livre-Bleu* le 23 novembre 1662; il prescrivait onze examens et était signé de vingt-deux Maîtres. On y trouvait ensuite des conclusions dont l'ordre de date était interverti; la première était du 11 janvier 1663 et la dernière du 30 septembre 1751.

La troisième partie du *Livre-Bleu* comprenait environ 50 feuillets ; 25 étaient employés, et on y remarquait un règlement pour les Chirurgiens des campagnes; ce règlement exigeait quatre examens pour les villes qui n'avaient pas de communautés et pour les bourgs, qui seront *prescrits*, y était-il dit, par le Lieutenant, les Jurés et quatre autres Maîtres ; les droits de réception étaient fixés à soixante-quinze livres pour les villes, et à cinquante livres à l'égard des villages pour lesquels il n'y avait que deux examens à subir. A la suite de ce règlement se trouvaient les actes de réception de ces Maîtres, à compter du 27 octobre 1662 jusqu'au 4 novembre 1723, par ordre de date.

2° Il y avait un second registre couvert en parchemin et divisé en deux sections ; la première avait 80 feuillets employés à l'indication des recettes et des mises des Jurés comptables, depuis 1674 qu'on a quitté le *Livre-Bleu;* les recettes et les mises étaient sans interruption et suivant leur date.

La seconde partie de ce registre comptait 20 feuillets , dont 19 étaient affectés à des conclusions placées sans ordre chronologique ; la première de ces conclusions est du 7 juin 1674, et la dernière du 2 février 1711.

3° On a trouvé encore dans le coffre de la communauté un fort petit registre, revêtu de parchemin ; il contenait le revenu que les rapports faisaient entrer autrefois dans la bourse commune ; il commençait le 20 mars 1656 et finissait en 1738.

4° Puis un registre également couvert en parchemin, intitulé : *Livres des Conclusions*, coté J ; il ne renfermait que trois conclusions : l'une du 21 mars 1754, la seconde du 3 juin 1755, et la troisième du 4 février 1783.

5° Il existait, en outre, un registre cartonné, intitulé aussi *Livre des Conclusions*, coté K ; c'est celui qui était encore en usage en 1784 ; il contenait les conclusions écrites depuis le 20 mars 1755, avec des dates exactes.

6° Enfin, il y avait un registre coté I ; il comprenait les recettes et mises des Prévôts, depuis 1754 jusqu'en 1784 ; les conclusions qui constataient l'arrêté des comptes-rendus et l'élection des Prévôts se trouvaient à la suite de chaque reddition de compte, excepté celle de 1783, que Caqué, Lieutenant, fit porter sur les registres des conclusions cotées K.

Je n'ai pas pu consulter toutes ces archives, attendu que la plupart ont été dispersées dans la tourmente révolutionnaire ; mais, avant cette désastreuse époque, elles avaient été transcrites dans ce qu'elles avaient d'essentiel, et font partie des pièces manuscrites que je tiens de M. Hédouin de Pons-Ludon. Je puis donc, pour ainsi dire, reproduire littéralement leur texte.

Ce n'est pas tout, je suis encore redevable à la bienveillance de M. Fenaut, le Nestor de la Médecine rémoise, de la communication du *Livre de la Communauté des Maîtres en Chirurgie de la ville de Reims*, où sont inscrits sans lacunes, depuis 1726, les actes de réception des Maîtres en Chirurgie de la ville et des villages de sa circonscription.

C'est dans ces divers documents que j'ai puisé les éléments de cet opuscule, sur lequel j'appelle l'attention et l'indulgence du lecteur.

CHAPITRE Iᵉʳ.

—

La Communauté des Maîtres en Chirurgie de la ville de Reims a été très-probablement régie dans tous les temps comme toutes celles des autres villes du royaume. Cependant, on ne trouve aucuns titres qui indiquent comment elle était gouvernée avant un réglement qu'elle fit en 1656, où l'on voit que le corps était alors composé d'un Lieutenant, de deux Jurés qui tenaient lieu de Prévôts, d'un Doyen et de dix-huit autres Maîtres qui l'ont tous signé.

A cette époque, le règne des Barbiers n'était pas encore éteint. Depuis plus de cent cinquante ans, on les voyait tantôt esclaves complaisans des Médecins, attiser leur haine et porter avec eux la guerre dans le domaine chirurgical, ou tantôt sujets rebelles et insoumis, secouer le joug de la Faculté et essayer de saisir, d'une main téméraire et profane, le sceptre de la Chirurgie.

Cependant, au milieu de ces interminables débats, les

Chirurgiens, ennemis des dissensions, se consacraient aux devoirs de leur profession, repoussaient avec calme l'injustice et se montraient toujours prêts à sacrifier leurs intérêts pour conserver la paix.

Je me réserve le soin de raconter, dans un autre ouvrage, la longue et scandaleuse histoire de ces agitateurs turbulents, qui, pendant plus de trois siècles, ont harcelé le pouvoir royal et fatigué les Parlemens et les Cours souveraines de discordes sans cesse renaissantes, dont maints arrêts, décrets ou ordonnances n'ont pu tarir la source. Je dirai leurs prétentions hautaines et je démasquerai les manœuvres perfides à l'aide desquelles ils contribuèrent pendant si long-temps à arrêter l'essor de la Chirurgie française. Aujourd'hui, je ne ferai qu'effleurer cet épisode, qui occupe une large place dans nos annales historiques, et qui est semé des plus désolantes et, en même temps, des plus drolatiques péripéties.

L'année où les Maîtres Chirurgiens de la ville de Reims règlementèrent leur Corporation, la Communauté des Barbiers; en vertu de lettres patentes surprises à Louis XIII, au mois d'août 1643, s'était réunie à celle des Chirurgiens; cette transaction avait été confirmée par un édit de Louis XIV du mois de mars 1656, et enregistrée au mois d'octobre de la même année; mais les statuts organiques émanés de ce Contrat d'union entre les deux Communautés, désignées collectivement sous le nom de *Maîtres Chirurgiens-Barbiers*, ne furent rédigés qu'en 1699.

Dès les premiers temps de la monarchie, l'Administration générale de la Chirurgie, en France, avait été confiée au premier Chirurgien du Roi qui, en sa qualité de *Chef et garde des Chartes, Statuts et Priviléges de la Chirurgie et de la Barberie*, a toujours exercé une juridiction dont l'origine remonte jusqu'aux Rois de la troisième race. Mais comme le premier Chirurgien du Roi ne pouvait pas lui-même remplir toutes les fonctions attachées à son titre de chef de la Chirurgie, il avait été autorisé à nommer, dans chaque Communauté de Chirurgiens, un Lieutenant et un Greffier, l'un, pour le représenter et y faire observer en son nom les dispositions des Statuts dans l'étendue du district qui lui était assigné; l'autre, pour y tenir les registres de sa juridiction et en dresser les actes.

Je viens de dire que la création de ces offices était très-ancienne; on lit, en effet, dans un édit de Charles V, de décembre 1371, qu'alors le premier Chirurgien avait le droit de se choisir des Lieutenans ; ces officiers ont subsisté depuis, sans interruption, jusqu'en 1692 qu'ils furent supprimés.

En 1656, le Lieutenant du premier Chirurgien du Roi, à Reims, était Henri Adam, Chirurgien de l'Hôtel-Dieu ; il dépendait du premier Barbier du Roi et en prenait la qualité. On ignore l'année qu'il a été reçu Maître et celle où il a été installé Lieutenant, mais il est certain qu'il jouissait de sa charge en 1662; il présidait les assemblées, si l'on en juge par les conclusions qui furent adoptées chez lui depuis 1663 jusqu'au 23 février 1693 inclusivement.

En 1668, Louis XIV réunit à la charge de son premier Chirurgien, qu'il qualifiait de son premier *Barbier-Chirurgien*, le droit d'avoir des Lieutenans ; cette réunion se fit en faveur de Félix, qui opéra ce Monarque de la fistule à l'anus le 21 novembre 1687, mais il n'a pas joui longtemps de cette prérogative.

En effet, en février 1692 survint un édit qui, en supprimant tous les Lieutenans du premier Chirurgien du Roi, créa, en place, deux *Chirurgiens-Jurés royaux* pour les grandes villes, et un pour chaque petite ville; on leur attribua tous les droits dont jouissait auparavant le Lieutenant du premier Chirurgien, comme de convoquer les assemblées, de les présider, d'être exempts de tutelle, de curatelle, logements des gens de guerre, etc.

La Communauté des Maîtres en Chirurgie de Reims acheta les deux offices désignés pour cette ville, elle les paya 2,200 livres, y compris les deux sols pour livre, dont elle paya encore la rente.

Henri Adam perdit alors sa qualité de Lieutenant; mais il devint, la même année 1692, Doyen de la Compagnie par le décès de Pierre Lepoivre.

Jacques Henrié fut le premier Juré royal qui présida les Assemblées; il commença le 6 septembre 1694, et il était désigné sous le titre de *Premier Juré-Chirurgien du Roi.*

Ces Premiers Jurés, à Reims, ne présidèrent les Assemblées que jusqu'au 11 janvier 1704, jour que la Compagnie prit une délibération par laquelle il fut arrêté que les Assemblées se tiendraient dorénavant chez le Doyen, qui en serait le Président; on ne sait pas pour quel motif la Communauté rémoise se mit ainsi en contravention avec la loi.

Claude Copillon, alors Doyen, était le troisième depuis Henri Adam, mort en 1694.

Comme, aux termes de l'édit royal, les offices de Jurés royaux étaient héréditaires, on s'aperçut bientôt du danger qu'il y avait de confier la police d'un art aussi important pour l'humanité à des hommes qui ne connaissaient la Chirurgie que par le titre dont ils étaient devenus héritiers. Aussi cet état de choses n'a-t-il duré qu'environ trente ans, c'est-à-dire jusqu'au mois de septembre 1723, époque à laquelle Louis XV publia une ordonnance, laquelle désunissant des offices de Chirurgiens-Jurés royaux tous les droits, fonctions, prérogatives et émolumens dont jouissaient précédemment les Lieutenans du premier Chirurgien du Roi, prescrivait le rétablissement de ces mêmes Lieutenans, pour, *par le Premier Chirurgien, jouir et user du droit de les nommer et d'en commettre de nouveau dans les différentes Communautés de Chirurgie de province, comme par le passé.*

« Louis, par la grâce de Dieu, Roi de France et de Navarre, à tous présents et à venir, salut : Le feu Roi, de glorieuse mémoire, notre très-honoré Seigneur et bisaïeul, a créé, par édit du mois de mars 1691 et février 1692, en titre d'offices héréditaires, deux Jurés dans chacune Communauté des Maîtres Chirurgiens des villes de notre Royaume où il y a Parlement et autres Cours, Archevêché, Evêché, Présidial ou Bailliage principal, et un dans chacune des autres villes, bourgs et lieux de notre Royaume, pour faire jouir des mêmes fonctions, juridictions, droits utiles et honorifiques que ceux dont avaient droit de jouir les Lieutenants et Greffiers qui étaient nommés et commis par notre Premier Chirurgien.

»Et d'autant que nous sommes informé que l'établissement desdits offices, à titre d'hérédité, a produit une infinité d'abus, soit qu'ils aient été réunis aux communautés ou qu'ils aient été levés par des particuliers; ceux qui en font les fonctions recevant souvent à la Maîtrise des aspirants peu capables, en considération des sommes qu'ils en exigent; que, d'ailleurs, ceux auxquels ces offices passent à titre d'hérédité sont souvent eux-mêmes incapables d'examiner et de connaître la capacité des aspirants qui se présentent à la Maîtrise de la Chirurgie, à la perfection de laquelle nous croyons ne pouvoir apporter trop d'attention. A ces causes et autres considérations à ce nous mouvans et de notre certaine science, pleine puissance et autorité royale, etc. »

Cet édit, en portant rétablissement des Lieutenans, ordonnait qu'ils ne seraient nommés, à l'avenir, par le Premier Chirurgien du Roi, que dans les villes où il y avait Archevêché, Evêché, Parlement, Chambre des Comptes, Cour des Aides, Bailliage ou Sénéchaussée, *nuement ressortissants au Parlement.*

2

Cette même année, Maréchal, Premier Chirurgien de Louis XV, en sa qualité de *Premier Barbier-Chirurgien et de Chef et Garde de la Chirurgie et Barberie du royaume*, obtint un arrêt du conseil et des lettres patentes qui éclatèrent comme la foudre sur la tête des Barbiers. Ces lettres patentes, en forme de statuts, portaient: « Les statuts, priviléges et ordonnances accordés à nos Premiers Chirurgiens, Lieutenants, Greffiers ou Commis, arrêts et règlements donnés en conséquence, seront exécutés selon leur forme et teneur; ce faisant, nous maintenons et gardons le sieur Maréchal, notre Premier Chirurgien, comme Chef et Garde des chartes, statuts et priviléges de la Chirurgie et Barberie de notre royaume, au droit d'avoir toute inspection, juridiction et connaissance du fait de la Barberie sur les Maîtres Barbiers-Perruquiers, Baigneurs-Etuvistes et tous autres exerçant ladite profession ou partie d'icelle dans toute l'étendue de notre royaume, pays, terres et seigneuries de notre obéissance, comme aussi d'avoir sa chambre de juridiction et icelle faire exercer dans toutes les communautés desdits Maîtres Barbiers-Perruquiers, Baigneurs-Etuvistes par ses Lieutenants et Greffiers, desquelles vacations arrivant la nomination et provision particulières appartiendront à notre Premier Chirurgien.

» Et voulant que lesdits Barbiers-Perruquiers, Baigneurs-Etuvistes aient des marques visibles de leur art, pour la propreté et ornement du corps humain, nous leur enjoignons *d'avoir des boutiques peintes en bleu, fermées de châssis à grands carreaux de verre, sans aucune ressemblance aux montres des Maîtres Chirurgiens, et de mettre à leurs enseignes des bassins blancs pour marque de leur profession et pour faire différence de ceux des Maîtres Chirurgiens qui en ont de jaunes, avec cette inscription : Barbier-Perruquier, Baigneur-Étuviste, céans on fait le poil et on tient bains et étuves, défendons aux Maîtres Chirurgiens de faire peindre leurs boutiques en bleu, ou d'avoir de semblables châssis à ceux des Barbiers, et aux Barbiers d'avoir des montres semblables à celles des Chirurgiens, à peine de vingt livres d'amende et de cent livres de dommages et intérêts contre chacun des contrevenants.* » Le produit de ces amendes était attribué au Premier Chirurgien du Roi, qui conserva, jusqu'à la révolution de 1789, un droit de redevance pécuniaire qu'il percevait sur tous les Barbiers du Royaume.

Comme on le voit, les Barbiers agonisaient, ils n'avaient plus à traîner que pendant quelques années leur misérable et équivoque existence Chirurgicale.

Le Roi avait ordonné en même temps, par l'édit de septembre 1723, que les Statuts particuliers donnés au mois de mars 1719 pour les Chirurgiens de Versailles, où le premier Chirurgien était, ainsi qu'à Paris, en possession de l'exercice de sa juridiction, seraient observés dans toutes les autres Communautés de Chirurgiens du royaume ; mais l'exécution des Statuts des Chirurgiens de Versailles ne pouvait être ordonnée que provisoirement, attendu que n'ayant été rédigés que pour cette seule ville, ils ne pouvaient s'appliquer à toutes les autres Communautés et que, ne renfermant aucune disposition particulière sur la réception des Chirurgiens de la campagne, ils étaient incomplets et devaient manquer leur effet.

Il devenait donc nécessaire d'établir des distinctions dans la forme de procéder à la réception des aspirans à la Maîtrise en Chirurgie, et de se contenter, à l'égard de ceux qui voulaient exercer dans les villages, de *quelques légers examens*, mais suffisans pourtant pour constater leur capacité sur les faits de pratique les plus communs de leur art; c'est à quoi ne satisfaisaient pas les statuts de Versailles; cette lacune essentielle et les difficultés qui en résultaient faisaient sentir impérieusement la nécessité d'un nouveau réglement plus large.

Ce réglement parut en 1730. J'en parlerai tout à l'heure.

La Communauté des Maîtres en Chirurgie de Reims, si l'on veut bien tenir compte des dates, se soumit difficilement à la loi de 1723, relative au rétablissement des Lieutenans, sans doute parce que cette loi la subordonnait au premier Chirurgien du Roi, que les deux Jurés perdaient les droits qui leur étaient conférés par l'édit de 1692, excepté celui de faire des rapports en justice, et parce qu'elle diminuait le domaine de sa juridiction qui s'étendait jusqu'à Rethel, Fismes et Epernay.

Malgré sa répugnance, elle convint néanmoins, le 25 septembre, qu'elle achèterait la charge de Lieutenant du Premier Chirurgien du Roi, aux dépens et au profit du Corps, au nom de *Pierre Larbre*, Chirurgien en chef de l'Hôtel-Dieu, sous la condition qu'il l'exercerait comme dépendante de la Compagnie et qu'il garderait son rang de réception dans les assemblées.

Ces arrangements causèrent beaucoup d'incidents dans la suite, comme on le verra bientôt.

L'acquisition de la charge fut faite comme il avait été convenu, et Pierre Larbre fut installé Lieutenant du Premier Chirurgien du Roi, le 4 mars 1726; on installa en même temps Greffier un sieur Lebrun, marchand drapier, homme illettré, qui a profané ses procès-verbaux des barbarismes les plus révoltans.

La Communauté des Maîtres en Chirurgie prit une conclusion, le 26 septembre 1727, contradictoire à celle de 1725, en ce sens qu'elle convint que les réceptions se feraient à l'avenir au nom du Lieutenant du Premier Chirurgien du Roi, conformément à l'édit de 1723 et des statuts de Versailles.

Malgré cette conclusion, Pierre Larbre n'a cependant joui des droits de sa place qu'en 1735, à la réception de Guillaume Fillion. Tous les actes de réception et les délibérations prises antérieurement le prouvent; il fut même obligé, pour conquérir ses prérogatives, d'avoir, en 1733, un procès avec la Communauté; il obtint, à son avantage, sentence à Reims, qui fut confirmée à Paris, où l'on avait interjeté appel. Jusqu'à l'obtention de cet arrêt, Pierre Larbre ne toucha pas d'émoluments en qualité de Lieutenant; il avait remboursé à la Compagnie ce qu'elle avait payé pour sa lieutenance avant d'entreprendre le procès qu'il a gagné contre elle,

Le Greffier du Premier Chirurgien du Roi n'éprouva pas les mêmes tribulations que Larbre, son lieutenant; il remplit paisiblement les fonctions de sa charge dès qu'il fut installé (1726), sans doute parce qu'il l'avait payée de ses deniers, et qu'il l'exerçait en son nom; il a écrit et signé tous les actes de réception et les délibérations depuis son installation jusqu'en 1760 qu'il céda son greffe à Rainssant, teinturier. Au bas de ces actes se trouve l'approbation suivante du Premier Chirurgien du Roi : « *Vu les examens ci-dessus faits* »*en forme, je ne peux me dispenser de les approuver et les* »*ai signés :* Maréchal, Premier Chirurgien du Roi. »

Quant aux Prévôts *(præpositi)* il y avait très-peu de changemens à faire à l'usage observé avant l'édit de 1723. Il suffisait de remplacer le titre de Juré par celui de Prévôt, et c'est ce qui fut fait; de faire l'élection au mois de mars au lieu de la faire en novembre, et de ne laisser qu'un Prévôt dès que le nombre des Maîtres serait au-dessous de vingt. De ces trois choses faciles à exécuter simultanément, la Communauté se contenta de donner, en 1728, la qualité de Prévôt au Juré, mais elle conserva l'usage d'en avoir deux jusqu'en 1732, et de les nommer en novembre jusqu'en 1735.

Voici la marche qu'elle adopta à cet égard : Simon Picart fut élu Prévôt avec la recette en 1728; on lui associa Nicolas Murtin, qui devint Prévôt-comptable en 1729; il eut pour second Jean Chevalier, et celui-ci Jean de Bihet en 1730; ce dernier étant devenu Prévôt-comptable en novembre 1731, la Communauté lui donna pour adjoint Lié Dubois; mais, sans raison, de Bihet resta Prévôt-comptable jusqu'au 29 mars 1735. On nomma ensuite Prévôt Jean Desaulx, qui était absent. On s'assembla pour la première fois en la Chambre commune, le 18 avril suivant, pour lui faire prêter serment; il rendit ses comptes au bout d'un an et fut continué Prévôt une deuxième année.

C'est depuis cette époque qu'on a continué de nommer le Prévôt au mois de mars et qu'il est presque toujours resté en place une deuxième année. On a néanmoins interrompu cet ordre en 1763 et les quatre années suivantes, afin que, si la Communauté avait eu à se plaindre de son Prévôt, celui-ci ne pût pas opposer un usage constant à la volonté de la compagnie pour être continué deux ans.

Enfin, le réglement modificatif des statuts de Versailles, si impatiemment attendu, parut, à la sollicitation de Maréchal, le 24 février 1730; il portait : « Ordonnons que les statuts attachés sous le contre-scel des présentes et contenus en quatre-vingt-dix-huit articles, soient gardés et observés dans toutes les Communautés de Chirurgiens et par tous les Chirurgiens des villes, bourgs et lieux de notre royaume dans lesquels il n'y a pas encore eu de statuts particuliers revêtus de nos lettres patentes et enregistrés dans nos Cours de Parlements, et, à l'égard des Communautés des Chirurgiens qui ont des statuts particuliers duement autorisés, elles sont tenues de les représenter dans six mois.

» Voulons que ces statuts soient inviolablement observés, selon leur forme et teneur, sans qu'il puisse y être changé ou innové à l'occasion des présentes. Si donnons en mandement à nos amés et féaux les gens tenant notre Cour de Parlement. Donné à Marly, le 24ᵉ jour de février, l'an de grâce mil sept cent trente, et de notre règne le quinzième : Signé Louis. »

Cette déclaration de 1730 dérogeait, à quelques égards, aux dispositions de l'édit de septembre 1723, en ce qui concernait la nomination des Lieutenans du Premier Chirurgien du Roi; en effet, elle ne réservait plus ces offices aux villes où il y avait Archevêché, Evêché, Cour supérieure nuement ressortissans au Parlement, ainsi que le portait cet édit, mais seulement aux lieux où il se trouvait actuellement six Maîtres en Chirurgie, de manière que dans toutes les localités où il y avait six maîtres, ce nombre suffisait pour former une Communauté, par la création d'un Lieutenant du Premier Chirurgien.

Mais des difficultés devaient naître de cette disposition. Les Communautés de Chirurgiens n'avaient plus qu'une existence précaire et problématique; elles vivaient ou mouraient, pour ainsi dire, suivant les variations qu'elles éprouvaient dans le nombre des Maîtres dont elles étaient composées; si une Communauté se trouvait réduite à cinq, elle demeurait sans activité, sans pouvoir et sans fonctions jusqu'à ce qu'elle eût réparé sa perte.

Pour éviter ces vicissitudes, Louis XV jugea à propos, par sa déclaration du 3 septembre 1736, de faire revivre, pour la nomination des Lieutenans, les dispositions de l'édit de septembre 1723, en ordonnant que, sans égard pour celles de la déclaration de 1730, son Premier Chirurgien nommerait, à l'avenir, ses Lieutenans et Greffiers dans toutes les Communautés de Chirurgiens des villes où il y aurait Archevêché, Evêché, Bailliage, Cour des Aides nuement ressortissans au Parlement.

« A ces causes et à ce nous mouvans, de l'avis de notre conseil et de notre science et autorité royale, nous avons dit, déclaré et ordonné par ces présentes, signées de notre main, disons, déclarons et ordonnons, voulons et nous plaît que, conformément à notre édit du mois de septembre 1723, notre

Premier Chirurgien soit autorisé à nommer ses Lieutenants dans les Communautés des Maîtres Chirurgiens de chacune ville de notre Royaume où il y a Archevêché, Evêché, Parlement, Cour des Comptes, Cour des Aydes, Présidial, Bailliage ou Sénéchaussée Royale nuement ressortissants en nos Cours. » Signé Louis, et scellé du grand sceau de cire jaune.

Cependant les Barbiers regardaient d'un œil inquiet ces grandes réformes qui relevaient la dignité de l'art Chirurgical, et descendaient rapidement la pente de leur ruine ; deux ans plus tard, l'Académie Royale de Chirurgie, créée en 1732 par Lapeyronie, leur porta un coup décisif en les faisant rentrer dans le cercle de leurs modestes attributions. Enfin, dix ans après, la déclaration du Roi du 23 avril 1743 acheva de les dépouiller de leurs prérogatives en les excluant de la Communauté des Chirurgiens ; un décret de l'Assemblée Législative du 17 mars 1791 supprima leur Jurande, et un autre du 19 juin de la même année ordonna la liquidation et le remboursement de leurs offices, qui s'éleva à 22 millions pour la France ; ils n'existaient donc plus, et la Chirurgie, lavée de leurs souillures, allait marcher pure vers le terme de sa perfection.

Les statuts de 1730 formèrent, pour ainsi dire, la charte de la Chirurgie dans les provinces et déterminèrent les lieux où les Chirurgiens pouvaient former Communauté sans tenir compte du nombre des Maîtres Chirurgiens établis dans ces lieux.

La ville de Reims n'a jamais eu à subir les fluctuations qui ont dû amener bien des perturbations dans la vie chirurgicale de plusieurs autres cités, car elle avait un siége Archiépiscopal, un Présidial, etc., et, de plus, l'importance de sa population n'a jamais permis que le chiffre de ses Maîtres en Chirurgie descendit au-dessous de six.

En 1750, des lettres patentes enjoignirent, sous des peines

sévères, l'exécution des dispositions des statuts de 1730 au sujet des actes de la Maîtrise, en ordonnant qu'aucun Chirurgien *ne pourra prétendre à l'Agrégation*, c'est-à-dire au droit d'exercer dans la ville ou dans le district de la Communauté, qu'après *avoir résidé dix ans dans la ville pour laquelle il aura d'abord été reçu Maître*.

« Ne pourra l'Agrégation être accordée qu'à ceux qui, outre leurs lettres de Maîtrise, rapporteront des certificats en bonne forme, donnés par les Lieutenants de notre Premier Chirurgien, les Prévôts ou autres Officiers de la Communauté de la ville où ils auront été reçus, comme aussi par le Lieutenant général et notre Procureur au Bailliage, Sénéchaussée ou Juge des cas royaux de ladite ville ; lesquels certificats porteront qu'ils ont pratiqué l'art de Chirurgie avec honneur et capacité pendant dix années ; au moyen de quoi ils pourront être admis à l'Agrégation par les Lieutenans du Premier Chirurgien, après avoir subi un seul examen de trois heures et en payant, pour ladite Agrégation, le tiers des droits fixés pour les réceptions ordinaires, » car tel est notre plaisir. Donné à Versailles, le 31 décembre 1750, et de notre règne le trente-sixième. Signé Louis ; et plus bas : Par le roi, **M. P.** de Voyer d'Argenson, et scellé du grand sceau de cire jaune.

Le livre de la Communauté contient peu de cas d'agrégations pour Reims, et un petit nombre également pour le ressort.

Ces lettres patentes de 1750, ensemble la déclaration de 1730 et de 1736, ont été enregistrées dans tous les Parlemens du royaume comme le code de la Chirurgie française, et ont eu force de loi jusqu'à l'abolition des Communautés Chirurgicales.

C'est cette même année 1750, que Nicolas Museux acheta la Lieutenance pour son compte, pour remplacer Pierre Larbre, décédé en mai ; elle lui coûta 1,050 francs ; il fut installé le 6 juillet 1750, et a joui paisiblement pendant sa vie des droits attribués à sa charge.

A son décès, arrivé le 10 février 1783, Lamartinière, Premier Chirurgien du Roi, choisit, dans les trois Maîtres que les officiers municipaux lui présentèrent, Jean-Baptiste Caqué, qui avait succédé à Larbre, dans la place de Chirurgien de l'Hôtel-Dieu, pour être son Lieutenant ; Caqué fut obligé d'accepter, parce qu'il craignait, en refusant, de déplaire au Premier Chirurgien du Roi, dont il avait été l'élève et le protégé ; il paya sa lieutenance 330 francs, y compris le droit du secrétariat.

En 1784, le 7 août, Fillion, alors doyen, mourut ; Caqué, qui se trouvait l'aîné de la Communauté, doutait que le décanat fût compatible avec la Lieutenance ; en conséquence, il écrivit à Andouillé, alors Premier Chirurgien du Roi, et d'après la réponse de celui-ci, la Communauté décida, par conclusion du 13 septembre 1784, que les charges étaient incompatibles, et que Ponsardin, alors Vice-Doyen, ferait les fonctions de Doyen tant que Caqué serait Lieutenant.

C'est pendant la Lieutenance de celui-ci et sur sa proposition que la Communauté Rémoise adopta un costume que je ferai connaître, pour se distinguer des Communautés des Arts-et-Métiers. C'est encore Caqué qui régla l'ordre de préséance dans les solennités publiques, ainsi que le cérémonial à observer aux funérailles des Membres de la Communauté.

Noël ferme la liste des Lieutenans de la Communauté des Maîtres en Chirurgie de la ville de Reims, qui survécut encore huit mois après le décret de l'Assemblée législative du 17 mars 1791.

Tels furent les trois derniers Lieutenans du Premier Chirurgien du Roi.

Le premier d'entr'eux, Nicolas Museux, est l'auteur d'une notice sur la rescision des amygdales, qui tient une place honorable dans les *Mémoires de l'Académie Royale de Chirurgie*, et l'inventeur, à cet effet, d'un instrument qui perpétuera son nom.

Le second, homme de mœurs austères, opérateur métho-
dique et d'un imperturbable sang-froid, était honoré de la
précieuse amitié de Lamartinière, de Louis, de Lecat de
Rouen, de Hoin et de Maret de Dijon, de Daviel, pléiade
lumineuse qui a fécondé de ses rayons la Chirurgie de la fin
du dernier siècle ; il a laissé manuscrits des mémoires semés
d'aperçus ingénieux sur *le cancer du sein*, *l'amputation des
membres*, les *hernies avec gangrène*, le *trépan*, *l'anévrisme*,
l'hydrocèle, le *sarcocèle*, les *luxations* et les *fractures com-
pliquées* ; l'humanité est encore redevable à Caqué de l'heu-
reuse correction apportée au lithotome de Jean de Baseilhac,
plus généralement connu sous le nom de frère Côme, per-
fectionnement qui a valu à son auteur les suffrages de l'Académie de Chirurgie et de toutes les grandes célébrités Chirurgicales de l'époque.

Noël, à qui Caqué unit l'une de ses filles, était un opérateur
au coup d'œil prompt, à l'acier hardi, et qui, après s'être
illustré dans la Chirurgie civile et militaire, descendit dans la
tombe, riche d'une expérience presque séculaire.

Cette trinité glorieuse a jeté le plus vif éclat sur la Communauté des Chirurgiens de Reims et conservera toujours une
place dans la mémoire reconnaissante de la cité.

CHAPITRE II.

—

Toutes les villes, tous les bourgs, villages et autres lieux qui ressortissaient au Bailliage et Présidial de Reims, devaient, aux termes de l'ordonnance du Roi du 29 mars 1760, former le département du Lieutenant du Premier Chirurgien, dans la Communauté des Maîtres en Chirurgie de cette ville.

La plupart de ces localités se régissaient par la coutume particulière de la cité, et les autres, par la coutume générale du Vermandois.

Mais, par arrêt du grand Conseil du 28 septembre 1688, il avait été ordonné que les appellations des Prévôtés de Donchery et des villages en dépendant, relèveraient du Bailliage ducal et Pairie de Mazarin (Rethel), et celui-ci du Parlement de Paris.

Malgré cet arrêt, tous les Jurisconsultes de Reims, consultés, en 1783, prétendaient que les Chirurgiens de ces Prévôtés devaient se faire recevoir à Reims, conformément à l'ordonnance royale que je viens de citer.

D'après leur conseil, Caqué, alors Lieutenant du Premier Chirurgien du Roi, écrivit, le 25 avril 1783, à Leblond d'O-blen, Avocat au Parlement et Secrétaire de Lamartinière,

Premier Chirurgien, qui, par sa réponse du 7 juin suivant, lui manda « que M. Lamartinière et lui pensaient que le Lieutenant de Rethel avait le droit de recevoir les Chirurgiens de ces Prévôtés, d'autant plus qu'il était en possession de le faire. »

Cette décision enlevait environ vingt villages au Lieutenant de Reims.

Cependant il n'est pas avéré que plusieurs autres villages attribués au Bailliage de Rethel, lui appartenaient réellement, même certains de ceux qui déposaient à Reims leurs registres de baptême. Suivant le pouillé de l'Archevêché, celui qui est dans l'*Almanach de Reims* de 1784, et la coutume de Vitry, rédigée par Durand, Avocat à Rethel, et imprimée à Châlons en 1722, quelques-uns de ces villages ressortissaient aux Bailliages voisins.

Au demeurant, aucun Magistrat, aucun Jurisconsulte de Reims n'a jamais connu parfaitement le district du Bailliage royal de cette ville, en sorte que celui du Lieutenant du Premier Chirurgien du Roi, qui devait être fixé par le premier, est resté indéterminé.

D'après un calcul équitablement approximatif, ce district se composait de 425 villages environ.

La Communauté des Maîtres en Chirurgie de la ville de Reims se composait du Lieutenant du Premier Chirurgien du Roi, d'un Doyen et de tous les Maîtres; d'un Prévôt, quand il y avait moins de vingt Maîtres, et de deux Prévôts, quand ce chiffre était atteint ou dépassé,

Il n'y a jamais eu qu'un Prévôt à Reims, depuis 1732.

Les titres de cette Communauté étaient renfermés dans une cassette sous trois clefs; le Lieutenant, le Prévôt en charge et le Greffier en avait chacun une.

Le registre des réceptions était entre les mains du Greffier, qui en restait chargé pendant trois années, à l'expiration desquelles il était clos par le Lieutenant et renfermé dans la cassette avec les anciens titres.

Au commencement de chaque année, le Lieutenant du Premier Chirurgien adressait à celui-ci un état signé de lui et du Greffier, et contenant les noms des aspirans à la Maîtrise, et de ceux qui avaient été reçus Maîtres pendant le cours de l'année précédente. Cet état devait être envoyé avant la fin de janvier, à peine de cinquante livres d'amende contre le Greffier, et de déchéance de ses priviléges pendant deux années (1).

Election du Lieutenant du Premier Chirurgien du Roi. — Ses attributions.

Le Lieutenant du Premier Chirurgien était choisi par celui-ci dans le nombre des trois Membres de la Communauté des Chirurgiens de la ville qui lui étaient présentés par le Maire et les Echevins.

Il jouissait du droit de convoquer la Communauté pour les actes nécessaires à la réception des aspirans, de présider les Assemblées, d'y porter le premier la parole, de prononcer, de recevoir le serment et de faire observer la discipline, les statuts et les règlemens de la Chirurgie dans toute l'étendue de la juridiction.

Il était tenu de faire, aux termes des Statuts de 1730, tous les ans, accompagné de son Greffier, deux visites chez tous les Maîtres Chirurgiens de la ville pour réformer les abus, veiller à la discipline, visiter les instrumens. Chaque Maître lui payait six livres pour chaque visite.

Seul, et sans être accompagné de son Greffier, il devait faire encore, chaque année, une visite chez tous les Chirur-

(1) Dispositions des statuts de 1730.

giens des bourgs et autres lieux du ressort de sa juridiction,
pour s'enquérir s'ils étaient munis des instrumens et autres
objets nécessaires à la Chirurgie, pour entendre les plaintes
portées contres les contrevenants et en adresser son rapport
au Premier Chirurgien du Roi. Il recevait deux livres pour
cette visite.

Il ne devait aucun serment à la police, son installation ne
regardait que la Communauté ; il fallait, pour y procéder, qu'il
fît assembler tous les Maîtres dans la chambre de juridiction
de la Communauté.

Dans cette assemblée, il devait lire ou faire lire par le
Greffier ses lettres de Lieutenance, il prêtait ensuite le serment entre les mains du Maître commis, à cet effet, par le
Premier Chirurgien du Roi ; l'acte d'installation était signé
par tous les Maîtres.

Si les Maîtres de la Communauté refusaient de procéder à
l'installation du Lieutenant, celui-ci pouvait les faire sommer
juridiquement par un huissier royal et faire dresser un procès-
verbal constatant leur refus. Cette pièce, avec la sommation,
servait à obtenir un arrêt du Parlement de Paris, qui tenait lieu
d'installation, et qui obligeait les Maîtres refusans, de recon-
naître le pourvu de la Lieutenance du Premier Chirurgien du
Roi (1).

Des Prévôts.

Aux Jurés royaux ont succédé, en 1723, les Prévôts.

Nul ne pouvait être élu Prévôt, qu'après quatre années de
réception comme Maître.

L'élection des Prévôts devait se faire, tous les deux ans,
au mois de mars, aux termes des Statuts de 1730, sur les

(1) Statuts de Marly, 1730.

Mandemens ou Billets du Lieutenant du Premier Chirurgien du Roi; elle avait lieu à la majorité relative des suffrages.

Les Prévôts élus prêtaient serment entre les mains du Lieutenant; cette prestation était inscrite dans le registre des délibérations par le Greffier, qui leur délivrait ensuite leur Commission.

La commission des Prévôts était ainsi conçue :

« Nous..... Lieutenant de Monsieur le Premier Chirurgien du Roi, en la Communauté des Maîtres en Chirurgie de la ville de Reims, à tous ceux qui ces présentes lettres verront, salut, sçavoir, faisons : qu'après avoir assemblé notre Communauté et pris l'avis des Maîtres qui la composent, et bien informé des talents, capacités, probité et expérience du sieur N......, Maître en ladite Communauté, nous l'avons nommé et commis, nommons et commettons par ces présentes, pour remplir les fonctions de Prévôt en ladite Communauté pendant deux ans.

En conséquence, le chargeons de veiller aux affaires de la Communauté, et à tout ce qui peut contribuer à y maintenir le bon ordre, le tout, ainsi qu'il est établi par les statuts et édits royaux sur la Chirurgie.

»De ce faire lui donnons pouvoir et commission par ces dites présentes, après, toutefois, qu'il aura prêté en nos mains le serment en tel cas requis et nécessaire.

»En témoin de quoi nous avons signé la présente commission, et icelle fait contresigner par le Greffier de notre Communauté.

»Fait et passé en notre chambre de Juridiction ordinaire (1).»

Les fonctions des Prévôts étaient de gérer les affaires de la Communauté des Chirurgiens, de recevoir les deniers com-

(1) Déclaration de Marly, septembre 1730.

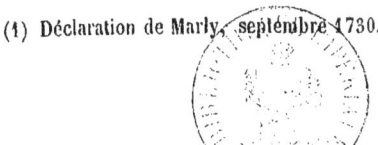

3

muns, de payer les dépenses et frais ordinaires, de veiller , avec le Lieutenant, à l'observation des statuts et au maintien de la discipline de la Chirurgie, d'empêcher qu'on ne l'exerçât sans titre, de surveiller les contraventions , de poursuivre les réfractaires par devant le Lieutenant de police, le tout suivant les édits, déclarations et statuts.

Les Prévôts étaient chargés, en outre, de faire célébrer le service divin, qui consistait dans les premières vêpres, la veille de St-Cosme, une messe solennelle, vêpres et salut le jour de la fête, un service le lendemain pour le repos des âmes des défunts confrères. Cette mission leur avait été confiée à Reims, en 1727.

En 1662, les Maîtres en Chirurgie de la ville de Reims abandonnèrent aux révérens pères Minimes leurs droits sur la confrérie de St-Cosme et St-Damiens. C'est depuis cette transaction que les offices religieux qui se célébraient dans l'église des Cordeliers, furent chantés dans celle des Minimes; en 1727, on retourna à l'église des Cordeliers.

Droits des Maîtres en Chirurgie.

Nul ne pouvait exercer la Chirurgie , à moins d'être reçu Maître.

Défense était faite à tous autres, Ecclésiastiques séculiers ou réguliers, Religieux ou autres, aux Barbiers, Baigneurs-Etuvistes, de faire aucune incision , de pratiquer aucun pansement, sous peine de cinq cents livres d'amende.

Ceux qui avaient été reçus Maîtres pour les villages, ne pouvaient exercer leur profession dans la ville ou dans le ressort de la Communauté, qu'après avoir subi l'examen de l'agrégation et payé au Lieutenant , aux Prévôts , au Doyen et au Greffier le tiers des droits exigés pour l'obtention de la Maîtrise.

Des Assemblées de la Communauté.

Les réunions de la Communauté eurent lieu pendant longtemps chez le Doyen ; mais, à partir de 1735, elles se tinrent
dans une chambre dépendant d'une maison, sise rue des
Fusiliers, appartenant à un M. Duchâtel ; on la louait soixante
livres. C'est là que, sous peine de nullité, devaient avoir lieu
les délibérations de la Communauté, l'élection des Prévôts, les
épreuves des Aspirans, les réceptions ainsi que l'installation
des Lieutenans ; on y faisait aussi les démonstrations anatomiques. Ces assemblées étaient convoquées par le *Mandement
du Lieutenant du Premier Chirurgien*, ou du Prévôt, en cas
de vacance de la place de Lieutenant, ou, sur son refus,
trois jours après la sommation qui lui en avait été faite.

Après l'exposition de l'objet de la réunion de la Communauté faite par le Lieutenant du Premier Chirurgien, *chaque
Maître ne pouvait parler qu'à son rang*, et lorsque son nom
était appelé par le Greffier, *le tout à peine de cinq livres
d'amende* pour la première fois, et de vingt livres pour la seconde ; en cas de récidive, il était privé des entrées de la
chambre commune.

Dans toutes les assemblées, *les opinions étaient prises
par le Lieutenant du Premier Chirurgien*, en commençant
par le Prévôt en charge, par le Doyen et par les Maîtres, suivant l'ordre de leur réception.

Ensuite le Lieutenant du premier Chirurgien donnait son
avis, *il comptait les suffrages*, et la délibération qu'il pro-
nonçait était transcrite sur les registres par le Greffier ; dans
l'absence du Lieutenant du Premier Chirurgien, le Prévôt re-
cueillait les voix.

Le Lieutenant, les Prévôts, le Doyen et le Greffier devaient
s'assembler dans la chambre commune tous les lundis, à 3
heures de l'après-midi, pour traiter des affaires communes,

de la police et de la discipline concernant les Maîtres, veuves, apprentis, garçons et tous ceux qui étaient soumis à la Communauté.

Lorsqu'il survenait des affaires urgentes, tous les Maîtres étaient mandés extraordinairement et tenus de se trouver en la chambre commune aux jour et heure qui avaient été indiqués, *à peine de trois livres d'amende.*

Quand il était nécessaire de nommer des *garçons Chirurgiens* pour servir les pauvres de l'Hôtel-Dieu, on admettait ceux qui se présentaient *au concours*, à condition qu'ils fussent de bonnes vie et mœurs, qu'ils fussent âgés de vingt ans au moins, qu'ils *eussent travaillé* pendant deux années chez les Maîtres; ils étaient examinés par le Lieutenant du premier Chirurgien, en présence des administrateurs de l'Hôpital, des Médecins et du Procureur du Roi. Ces jeunes gens s'appelaient les *Gagnans-Maîtrise.* Ils devaient passer six ans au service de l'hôpital.

La Communauté des Chirurgiens faisait démontrer *aux Gagnans-Maîtrise*, l'ostéologie, les accouchemens, et toutes les opérations de la Chirurgie; le démonstrateur percevait cinquante livres par an, pour les leçons qu'il donnait.

En 1604, les Barbiers y étaient encore admis, mais plus tard défense leur fut faite d'y entrer, ainsi qu'à leurs garçons; les *garçons* Chirurgiens ne pouvaient y assister avec épées, cannes ou bâtons, et il leur était enjoint de s'y comporter avec décence, sous peine de punition exemplaire.

Le nombre des *Gagnans-Maîtrise*, à Reims, fut toujours très-restreint.

Il avait été établi par lettres patentes données à cet effet, des Ecoles plus considérables, plus complètes, dans plusieurs grandes villes du royaume; il y en avait à Montpellier, à Marseille, à Toulon, à Bordeaux, à Toulouse, à Orléans, à Rouen, à Rennes, à Nantes, à Lille, à Lyon, à

Besançon, à Nancy ; il aurait été à désirer que ceux qui se destinaient à la Chirurgie allassent fréquenter l'une ou l'autre de ces écoles, mais peu en avaient la faculté ; d'un autre côté, ce déplacement aurait entraîné un inconvénient préjudiciable aux Maîtres [de la Communauté de Reims, qui auraient été privés d'aides indispensables au service de l'Hôtel-Dieu ; aussi les certificats qui constataient l'assiduité aux cours de la Communauté avaient pour les *Gagnans-Maîtrise* le même effet que s'ils avaient fréquenté les Ecoles les plus célèbres.

CHAPITRE III.

—

DE LA RÉCEPTION DES ASPIRANS A LA MAÎTRISE.

Nul Aspirant à la Maîtrise n'était admis à faire le *Grand Chef-d'Œuvre*, s'il n'était âgé de vingt-deux ans, et de vingt, s'il était fils de Maître.

Nul ne pouvait être admis à la Maîtrise, s'il n'était apprenti de l'un des Maîtres de la Communauté, s'il n'avait séjourné trois ans chez lui, ou s'il n'avait été attaché pendant un an à l'Hôtel-Dieu, après deux années de stage chez un Maître.

Aucun des Maîtres de la Communauté ne devait avoir plus d'un apprenti à la fois ; cependant il pouvait en prendre un second, mais seulement deux ans après l'entrée du premier ; l'apprenti était obligé de *demeurer chez le Maître*, à peine de nullité de son apprentissage.

Telles sont les dispositions du titre V^e de la déclaration donnée par Louis XV, en 1730, à Marly.

Elle n'ont pas toujours été littéralement observées par la Communauté des Maîtres Chirurgiens de Reims. Plusieurs Maîtres avaient chez eux des apprentis, mais pour deux ans seulement. Le prix de l'apprentissage variait aussi : tantôt il était de six cents livres comme chez Caqué ; et chez quelques autres, par exemple chez Méric, de cent cinquante livres ; enfin il y avait des Maîtres qui prenaient un moyen terme et qui le portaient à trois cents livres ; le traité d'apprentissage était passé devant un Notaire, qui en gardait la minute, et transcrit, avec certaines formalités, sur le registre de la Communauté. En voici un modèle extrait de ce livre :

« Cejourd'huy douze mai 1756, par devant les Notaires du Roi, en son Bailliage de Vermandois, demeurant à Reims, soussignés, fut présenté le sieur Jean-Henri Gillet, Maître Charpentier à Attigny, lequel, pour le bien et avantage du sieur Gilles Gillet, son fils, âgé de dix-neuf ans, l'a mis pour apprenti et se perfectionner dans l'art de Chirurgie chez M. Méric, Maître Chirurgien-Juré de la ville dudit Reims, demeurant au présent et acceptant pour le temps et espace de deux années, pendant lequel temps ledit sieur Méric sera tenu et a promis de bien et dûment montrer et enseigner audit apprenti, autant que son esprit le pourra comprendre, ledit art de Chirurgie et tout ce qui dépend sans lui en rien cacher, de le nourrir, blanchir, loger, coucher, chauffer et lui fournir les instruments qu'il se trouvera ne pas avoir, de traiter ledit apprenti humainement et en bon père de famille, lequel apprenti a promis d'apprendre ledit art de Chirurgie le plus tôt que faire se pourra, et de rendre bon et fidèle service audit sieur Méric pendant lesdites deux années.

» Le présent traité d'apprentissage est ainsi fait, moyennant la somme de cent cinquante livres, non compris les droits de cire que ledit sieur Gillet père s'oblige de payer à la Communauté des Maîtres Chirurgiens (ces droits étaient de dix livres, somme à laquelle ils étaient fixés depuis un temps immémorial).

» Signé Méric, Museux, lieutenant, Lebrun, greffier. »

Voici maintenant en quels termes était conçu le brevet ou certificat d'apprentissage.

« Cejourd'huy 3 novembre 1756, est comparu le sieur Etienne Démoulin, qui a requis l'enregistrement de son certificat d'apprentissage qui suit :

« Je soussigné correspondant de l'Académie royale de Chirurgie, ancien Chirurgien des armées du Roi, Chirurgien en chef de l'Hôtel-Dieu de Reims et Maître en Chirurgie de cette ville, certifie que le sieur Etienne Démoulin, dénommé au présent brevet, a demeuré chez moi pendant deux années consécutives, en qualité d'apprenti en l'art et science de Chirurgie, et qu'il a rempli ses devoirs de religion et de son état à ma satisfaction. — *Caqué.* »

Les dispositions du titre V des statuts et règlemens de Marly, en ce qui concerne l'apprentissage, ont été modifiées par la déclaration du Roi du 12 avril 1772, qui le rendait facultatif et le considérait, d'une part, comme peu en rapport avec la noblesse de la Chirurgie, ainsi confondue avec les arts purement mécaniques, et de l'autre, comme *apportant des entraves dommageables au service du public en écartant de la Maîtrise des hommes distingués par leurs études ou par une longue expérience acquise dans les hôpitaux ou les armées et qui, par conséquent, avaient acquis toute l'habileté nécessaire pour l'obtenir.*

En ne faisant plus une obligation de l'apprentissage près des Maîtres, et en cessant d'assimiler les Aspirans à la Maîtrise aux humbles artisans, la déclaration de 1772 réduisit le nombre des apprentis et rendit un nouveau lustre à l'art Chirurgical.

Aucun Aspirant ne pouvait se présenter à la Maîtrise, s'il n'était assisté d'un *Conducteur* qu'il choisissait parmi les Maîtres de la Communauté : le *Conducteur* ne pouvait pas avoir moins de cinq années de réception ; il n'avait pas voix délibérative sur le refus ou l'admission de l'Aspirant. Si celui-ci ne faisait pas ses opérations et ses démonstrations selon les règles, le *Conducteur* était obligé de réparer la faute.

L'Aspirant n'était reçu à faire aucun acte qu'en présence de son *Conducteur;* celui-ci était en outre obligé de l'accompagner pour porter ses billets chez tous les Maîtres.

Les Mandemens servant à convoquer les assemblées pour les actes des Aspirans et l'indication des jours et heure étaient dressés et écrits par le Greffier, signés et délivrés par le Lieutenant du Premier Chirurgien.

Ces Mandemens étaient portés par l'Aspirant chez les Maîtres *neuf jours* avant son examen.

Les Aspirans à la Maîtrise étaient obligés de présenter au Lieutenant du Premier Chirurgien une requête signée d'eux et de leur *Conducteur;* à cette requête étaient joints l'extrait de naissance, ensemble les certificats de vie et mœurs, de Religion Catholique, Apostolique et Romaine.

Les Aspirans à la Maîtrise pour la ville de Reims ne pouvaient se présenter dans la Chambre de Juridiction ni chez les Maîtres, pour les visites, sans porter l'habit noir, les cheveux longs ou une perruque.

Avant de présenter sa requête, l'Aspirant faisait une visite à chacun des Maîtres, afin de les prévenir du désir et du dessein qu'il avait de devenir leur confrère; il était encore tenu de faire une visite à tous les Maîtres en Chirurgie, le lendemain de chaque examen, pour les remercier d'être venus l'entendre, et de leur indulgence d'avoir *alloué* son Acte.

Le Conducteur (c'était ordinairement le Prévôt) devait accompagner l'Aspirant dans toutes les visites qui étaient obligatoirement prescrites par la loi.

Le 15 mai 1656, la Communauté des Maîtres Chirurgiens avait fait un règlement pour la réception des Maîtres de la ville; il prescrivait onze examens.

En novembre 1662, elle en fit un autre qui n'exigeait plus que quatre examens pour la ville, et seulement deux pour les villages (1).

Je ne sache pas que ces règlemens aient jamais été exécutés.

Dès les temps les plus anciens, il y avait deux modes de réception chez les Maîtres Chirurgiens de la ville de Reims. On était reçu *au Grand Chef-d'Œuvre* ou *à la Légère Expérience*.

La Légère Expérience n'avait lieu qu'à l'égard des Aspirans qui voulaient n'exercer qu'à la campagne, dans un village du ressort de la Communauté, et qui devait être déterminé. Après deux années d'apprentissage et trois années de service en qualité de garçons sous un Maître Chirurgien, ou de compagnons dans un hôpital, les Aspirans passaient un *seul* examen sur les principes de la Chirurgie, sur les Saignées, les Apostèmes, les Plaies et les Médicamens : deux examens étaient exigés des Aspirans pour les petites villes qui n'avaient pas de Communauté.

Le Grand Chef-d'Œuvre exigeait dix années tant d'apprentissage que de service, et neuf examens (2).

Après que la supplication avait été admise par la Communauté, le Candidat était *sommairement* interrogé par le Lieutenant du Premier Chirurgien, le Prévôt en charge et le Doyen ; ce premier examen s'appelait le *Sommaire* ou l'*Immatricule* ; le deuxième acte se nommait la *Tentative*.

Pour l'examen *Sommaire* ou la *Tentative*, le Lieutenant du Premier Chirurgien faisait tirer au sort quatre Maîtres de la ville, pour, avec le Prévôt, le Doyen et lui, interroger l'Aspirant sur les principes de la Chirurgie, sur *le Chapitre*

___

(1) Livre-Bleu, 2ᵉ partie, fᵒ 1. — 3ᵉ partie, fᵒ 1.

(2) Le mot *Chef-d'Œuvre* est encore employé dans le livre de la Communauté relativement à un acte de réception du 23 août 1729, pour un village. — Maldan, le *Catalogue des imprimés de la Bibliothèque*, t. 2, p. 337.

singulier, sur *le Général* des tumeurs, des plaies, des ulcères ; chacun d'eux interrogeait le Candidat pendant une demi-heure.

Si l'Aspirant était jugé incapable, il était renvoyé à trois mois pour recommencer le même examen.

S'il était *trouvé digne*, il était admis à faire, deux mois après, le premier acte de la première semaine; ce délai ne pouvait être dépassé.

Les trois semaines se composaient chacune de deux actes entre lesquels il y avait deux jours d'intervalle.

La première semaine était celle d'*Ostéologie*.

La seconde, celle d'*Anatomie*.

La troisième, celle des *Médicamens*.

Premier acte de la semaine d'Ostéologie. — Le premier jour, l'Aspirant était interrogé par le Lieutenant du Premier Chirurgien, les Prévôts et deux Maîtres sur le *général* de l'Ostéologie, sur toute la tête, sur la poitrine, l'épine et sur les extrémités supérieures et inférieures.

L'acte fini, l'Aspirant se retirait, et le Jury d'examen délibérait sur sa capacité,

Second acte de la même semaine. — Le deuxième jour, le Candidat était interrogé sur les fractures, *dislocations*, et autres maladies des os, sur les bandages et appareils.

Premier acte de la semaine d'Anatomie ou deuxième semaine. — Le premier jour, l'Aspirant était interrogé sur l'anatomie du bas-ventre, de la poitrine et de la tête; il pratiquait les opérations majeures, c'était ce qu'on appelait le *Grand Chef-d'Œuvre*, ou les opérations de la petite Chirurgie, c'était la *Légère Expérience*.

Second acte de la semaine d'Anatomie. — Le Candidat était questionné sur la cure des tumeurs, des plaies, sur les ouvertures d'abcès, sur les hernies, les fistules, l'empyème, le cancer, le trépan et la taille; on appelait cet acte: l'*Acte de l'Opération du Trépan.*

Premier acte de la semaine des Médicamens ou troisième semaine.—Le premier jour, l'interrogatoire portait sur la saignée et la manière de la pratiquer, sur les ligatures artérielles et l'anévrisme.

Second acte de la même semaine — Le second jour, l'examen avait pour objet les médicamens simples et composés, tels que les émolliens, les adoucissans, les résolutifs et tels autres qui conviennent dans les diverses maladies ; les emplâtres de différente nature, les baumes simples ou composés, leurs vertus et effets.

Dernier examen ou examen de Rigueur.— Huit jours avant celui qui était désigné pour le dernier examen, le Lieutenant du Premier Chirurgien du Roi tirait au sort six Maîtres de la Communauté pour composer le Jury avec les Prévôts et lui ; les membres de ce Jury interrogeaient l'Aspirant sur les faits de Chirurgie pratique.

Si le Candidat était jugé capable, il était reçu Maître, et l'acte de réception était rédigé et transcrit par le Greffier sur le registre contenant les réceptions des Maîtres de la Communauté. Ce registre était signé par le Lieutenant, les Prévôts et les autres Maîtres Examinateurs.

Le Lieutenant, après la réception du Candidat, lui faisait prêter serment et délivrer, par le Greffier, une expédition en forme, de sa réception, pour lui servir de lettres de Maîtrise, et signait ces lettres avec son Greffier. Avant de prêter serment, le nouveau Maître prenait le manteau court de soie et le rabat de batiste plissé.

Formule du serment des Chirurgiens de la Ville.

Je jure sur ma part du Paradis :

1° De rendre gloire à Dieu toute ma vie, de l'aimer et de ne servir que lui seul.

2° De vivre et de mourir dans la foi Catholique, Apostolique et Romaine.

3° D'honorer et de respecter ceux qui m'ont enseigné l'art de guérir et ceux qui m'autorisent à le pratiquer.

4° De l'exercer avec probité et selon les édits, arrêts, statuts et règlements du Royaume.

5° D'assister les pauvres gratuitement de mes secours et de mes conseils.

6° De ne donner, de n'employer et de ne conseiller aucun moyen propre à procurer l'avortement des femmes et des filles enceintes, de garder le secret sur l'état de celles-ci, et sur la nature de toutes les maladies qui doivent être cachées.

Si l'Aspirant, malgré la décision négative des Maîtres Examinateurs, se prétendait capable, il se faisait donner un acte de refus, et pouvait se pourvoir, devant le Premier Chirurgien, pour subir les mêmes examens à St-Cosme, à Paris, au Collége de Chirurgie.

Du Médecin Royal, ou Conseiller-Médecin ordinaire du Roi.

Lorsqu'il s'agissait de procéder à la réception d'un Aspirant, un Médecin de la Ville, nommé par le Roi, et qui, pour cette raison, prenait le titre de Médecin Royal, assistait à la *Tentative*, aux premier et dernier examens seulement, et à la prestation de serment ; il avait la place d'honneur à la droite des Examinateurs ; il n'interrogeait pas.

Pendant longtemps le Médecin Royal, à Reims et dans d'autres villes, a voulu s'arroger le droit de présider dans les Communautés des Chirurgiens, d'y interroger les récipiendaires et de donner son suffrage ; à cet égard, il s'appuyait sur l'édit du mois de février 1692, mais un arrêt contradictoire du Parlement de Paris du 3 septembre 1730, fit justice de cette prétention ; cet arrêt portait en termes formels : *que l'assistance du Médecin Royal sera pure et simple, sans aucun droit d'interroger l'Aspirant, ni de donner son suffrage sur son admission ou son refus de signer sur le registre ni d'être présent à aucun autre acte que celui de la Tentative, du premier et dernier examen et à la prestation du serment.* En consultant les archives de la Communauté de Reims, on reste convaincu que jamais il n'a été dérogé aux prescriptions de l'édit de février 1692, et de l'arrêt du Parlement de Paris du 3 septembre 1730. Avant cet arrêt, le Médecin Royal recevait douze livres pour les réceptions des Chirurgiens des villes où il y avait Communauté.

L'assistance du Médecin était donc une pure formalité ; on l'avait conservée pour sacrifier à un antique préjugé qui subordonnait encore les Chirurgiens aux Médecins, leurs *Supérieurs et Maîtres.*

Le Médecin Royal ou, comme on l'appelait encore, le Conseiller-Médecin ordinaire du Roi, n'assistait pas toujours seul aux réceptions des Aspirans pour la ville, il était le plus souvent accompagné d'un de ses collègues, Régent de la Faculté de la ville, et qui signait aux procès-verbaux avec le titre d'adjoint ; mais il était toujours seul aux réceptions des Aspirans pour la campagne ; depuis 1725, les Médecins qui ont signé les procès-verbaux des actes de réception, sont : Hédouin, Lefilz, Josnet, Maquart, Larbre, Raussin, Josnet fils, Lecamus, Fillion, Caqué fils et Navier, dont les noms, sauvés de l'oubli, figurent avec distinction dans l'histoire trop peu connue de la Faculté de Médecine de Reims, que nous devons aux patientes et infatigables recherches de M. Maldan (1) ; la plupart furent Doyens de cette Faculté ; parmi eux, les uns se sont rendus célèbres par leur vaste érudition, et les autres, par leurs nombreux services pratiques, ont conquis la reconnaissance de la cité et en ont emporté les regrets.

(1) *La Chronique de Champagne,* t. IV, p. 351.

Des droits qui étaient payés pour les réceptions, par les Aspirans pour la ville.

Malgré d'actives investigations, je n'ai trouvé nulle part le tarif des réceptions, mais tout porte à croire qu'au moins depuis 1730, il a été réglé sur l'ordonnance royale du 24 février de cette même année ; c'est donc à celui-là que je m'arrête.

En voici les dispositions :

Pour *répondre la première requête*, au Lieutenant, quatre livres ; au Greffier, trois livres.

Pour l'examen Sommaire de *l'Immatricule*, au Lieutenant, trois livres ; aux Prévôts, Doyen et Greffier, à chacun deux livres.

Pour la *Tentative*, au Lieutenant, dix livres ; au Greffier, quatre livres ; aux Prévôts, Doyen et autres interrogateurs, à chacun quatre livres.

Entrée en semaine : 1re *semaine.* — *Ostéologie.* — Pareils droits qu'au premier examen pour chacun des actes, à l'exception des Maîtres présens, pour lesquels il n'était rien payé.

2e *semaine.* — *Anatomie.* — Idem.   idem.

3e *semaine.* — *Médicamens.* — Idem.   idem.

Dernier examen. — Pareils droits qu'au premier examen : il était encore versé par l'Aspirant, le jour de sa réception, cent livres pour la bourse commune.

Des réceptions des Aspirans pour les bourgs et villages.

Ceux qui voulaient se faire recevoir Maîtres en Chirurgie pour les bourgs ou les villages, étaient tenus de présenter des certificats de bonnes vie et mœurs, de Religion Catholique, Apostolique et Romaine, de *deux années d'apprentissage chez l'un des Maîtres d'une Communauté ou dans les Hôpitaux;* ensuite ils subissaient un seul examen de trois heures sur les élémens de la Chirurgie, la saignée, les apostèmes, les plaies et les médicamens, devant le Lieutenant du Premier Chirurgien, les Prévôts, le Doyen et le Médecin royal; ils payaient, pour tous droits, soixante-dix livres, savoir: vingt livres au Lieutenant, pour *répondre la requête* et les billets de convocation; ensemble, pour les examens, vingt-cinq livres aux Prévôts, Doyen et aux deux autres Maîtres, à raison de cinq livres chacun; dix livres au Greffier et dix livres à la Bourse commune.

Les Aspirans, pour les villes où il n'y avait pas de Communautés, subissaient deux examens: le premier sur l'anatomie, les fractures et les luxations; le second, sur les saignées, les apostèmes, les plaies, les ulcères et les médicamens; ils payaient cent six livres pour tous droits.

Une délibération de la Communauté des Maîtres en Chirurgie, en date du 13 septembre 1784, fixa à trente francs seulement les droits que devaient acquitter les Aspirans lorsqu'ils n'étaient pas reçus.

Formule de serment des Maîtres en Chirurgie pour les bourgs et villages.

Je jure sur ma part de Paradis:

1° De rendre gloire à Dieu toute ma vie, de l'aimer et de ne servir que lui seul;

2° De vivre et mourir dans la foi Catholique, Apostolique et Romaine;

3° D'honorer et de respecter ceux qui m'ont enseigné l'art de guérir et ceux qui m'autorisent à le pratiquer;

4° De l'exercer avec probité et selon les Édits, Arrêts, Statuts et Règlemens du royaume;

4

5° De ne pas traiter de maladies graves qui seront au-dessus de mes connaissances, sans consulter ou faire appeler un Médecin, si la maladie est de son ressort; et si elle est Chirurgicale, un Maître en Chirurgie d'une ville voisine;

6° D'assister gratuitement les pauvres de mes secours et de mes conseils, même de leur donner quelques remèdes par charité, autant que mes facultés me le permettront ;

7° De ne donner, de n'employer et de ne conseiller aucun moyen propre à procurer l'avortement des femmes et des filles enceintes ; de garder le secret sur l'état de celles-ci et sur la nature de toutes les maladies qui doivent être cachées ;

8° De ne donner ni vendre aucun poison, ou de trop fortes doses de substances actives ou narcotiques ;

9° Enfin, de ne pas changer de domicile sans votre permission par écrit, à moins que je ne passe dans une autre juridiction que celle de Reims.

Selon moi, la Révolution a commis une faute capitale en supprimant ce serment, qui respirait la plus austère morale et la charité la plus pure.

Lettre de Maîtrise.

La lettre de Maîtrise avait une double formule ; voici la première :

Germain Pichaut Lamartinière, Ecuyer, Conseiller d'Etat, Chevalier de l'Ordre du Roi, Premier Chirurgien de Sa Majesté, Président né de l'Académie Royale de Chirurgie, Chef et Garde des chartes, statuts et priviléges de la Chirurgie, en France,

A tous ceux qui ces présentes lettres verront, salut, sçavoir faisons : que sur la requête à nous présentée par N..., natif de ....., fils de N. et de N., ses père et mère, agé de .... suivant son extrait baptistaire en date du ...., faisant profession de la Religion Catholique, Apostolique et Romaine, ainsi qu'il est attesté par le certificat de vie et mœurs joint à ladite requête, contenant qu'il s'est appliqué à l'étude de la Chirurgie pendant .... années : qu'il a fait son cours dans la ville de...., suivant le certificat de N....., Maître en Chirurgie, duement légalisé ; qu'il a, de plus, servi pendant.... ans, sous le sieur N...., Maître en Chirurgie, suivant les certificats de NN.. et duement légalisés par ..... et désirant parvenir à la Maîtrise, il nous aurait requis son immatricule, sur laquelle requête notre Lieutenant a ordonné qu'elle serait communiquée aux Prévôts, lesquels en ayant eu communication, ont consenti qu'il portât ses billets de convocation chez tous les Maîtres : ayant porté ses billets, supplié dans l'Assemblée générale, subi l'examen ordinaire auquel il a été admis, son immatricule a été consentie, ordonnée, faite ; ayant, depuis son premier examen, fait les trois semaines d'Ostéologie, d'Anatomie, et des Saignées et des Médicamens ; ayant depuis porté ses billets de convocation pour son dernier examen, réception et prestation de serment en conséquence de l'ordonnance de notre Lieutenant, étant au bas de ladite requête à nous présentée ; et s'étant cejourd'huy présenté en notre Chambre de Juridiction, conduit par N....., Maître en Chirurgie, il a été interrogé et examiné par notre Lieutenant, les Prévôts et par NN....., Maîtres de ladite Communauté, en présence de N...., Médecin-Juré royal.

Ledit Aspirant retiré, pris l'avis de l'Assemblée qui l'a jugé capable, nous avons ledit N...., reçu et admis, recevons et admettons à la Maîtrise en Chirurgie, pour la ville de...., à l'effet d'y exercer publiquement ledit art, y avoir les marques extérieures de sa profession, jouir des mêmes droits et priviléges, prérogatives et immunités dont jouissent les autres Maîtres reçus par la même ville. En témoin de ce, Maître N...., notre Lieutenant en ladite ville, après avoir reçu dudit

N.... le serment en tel cas requis et accoutumé, a signé ces présentes, à icelles fait apposer le scel et cachet de notre dite Chambre de Juridiction, et contresigner par notre Greffier ordinaire.

Ce fut fait et donné en notre Chambre de Juridiction, le ..... jour de..... 17.....

Voici la seconde formule que M. Maldan a consignée dans le deuxième volume du *Catalogue des Imprimés de la Bibliothèque de Reims*, page 337.

« Nous, Lieutenant, Doyen, Prévôt, Vice-Doyen et autres Maîtres en Chirurgie de la ville de Reims, soussignés, assemblés en notre chambre de Juridiction pour procéder à la réception du sieur M...., Aspirant à la Maîtrise en Chirurgie, conduit et présenté par M. M..., Maître en Chirurgie de cette ville, lecture faite de sa requête, de son extrait de baptême, de certificats de vie et de mœurs, Religion Catholique, Apostolique et Romaine, de certificats d'études et de pratique pendant dix ans sous Maître N..., après nous être assurés de ses connaissances dans la pratique des maladies chirurgicales, en présence de M. N...., Doyen de la Faculté de Médecine, et M. N..., son collègue, l'Aspirant retiré, pris l'avis de l'assemblée qui l'a jugé capable, nous l'avons reçu et admis, recevons et admettons Maître en Chirurgie pour la ville de Reims, après avoir prêté le serment en tel cas requis et accoutumé, entre les mains de M. N..., notre Lieutenant, et lui avons fait expédier des lettres de Maîtrise par le Greffier de notre Communauté.

Fait et passé en notre Juridiction, le......

CHAPITRE IV.

—

DES PRIVILÉGES DE LA COMMUNAUTÉ DES MAÎTRES EN CHIRURGIE.

Le Roi, voulant donner des marques signalées de sa protection à la Chirurgie et rendre à cet art la considération qu'il avait presqu'entièrement perdue par l'avilissement dans lequel il était tombé par son union avec la Barberie ; voulant, en outre, ranimer le zèle et l'esprit d'émulation parmi ceux qui l'exerçaient, donna, le 10 août 1756, des lettres patentes qui ordonnaient que les Maîtres en l'art et science de la Chirurgie du royaume jouiraient des honneurs, distinctions et priviléges dont jouissaient les autres notables bourgeois.

« A ces causes, nous avons ordonné, et par ces présentes, signées de notre main, ordonnons que les Maîtres en Chirurgie des villes et lieux où ils exerceront la Chirurgie sans aucun mélange de profession mécanique et sans faire aucun commerce ou trafic, soit par eux, soit par leurs femmes, seront réputés exercer un art libéral et scientifique, et jouiront en cette qualité des honneurs, distinctions et priviléges dont jouissent ceux qui exercent les arts libéraux, voulons et entendons que lesdits Chirurgiens soient compris dans le nombre des notables bourgeois des villes et lieux de leur résidence,

et qu'ils puissent, à ce titre, être revêtus des offices municipaux desdites villes dans le même rang que les notables
bourgeois; défendons de les comprendre dans le rôle d'arts
et métiers, ni de les assujettir à la taxe de l'industrie; et seront, lesdits Chirurgiens, exempts de la collecte de la taille,
de guet et garde, de corvées et de toutes autres charges de
villes ou publiques dont sont exempts, suivant les usages et
règlements observés dans chaque province, les autres notables bourgeois; permettons auxdits Chirurgiens d'avoir un ou
plusieurs élèves, soit pour être aidés dans leurs fonctions,
soit pour les instruire des principes de la Chirurgie; lesquels
élèves, au nombre de deux, seront exempts de tirer à la
milice. »

Et plus bas :

« A notre Huissier ou Sergent premier requis, nous te
mandons et commandons par ces présentes que l'arrêt ci-
attaché sous le contre-scel de notre Chancellerie, cejourd'huy
en notre Conseil d'état, nous y étant, tu signifies à tous
qu'il appartiendra, à ce qu'ils n'en prétendent cause d'igno-
rance et fasses au surplus, pour l'exécution dudit arrêt, tous
exploits, significations et autres actes requis et nécessaires,
sans, pour ce, demander autre congé ni permission, et no-
nobstant clameur de haro, charte normande et autres choses
à ce contraires; car tel est notre plaisir. »

Donné à Compiègne. — Signé *Louis*. — Et plus bas : Par le
Roi, M. P. Voyer d'Argenson. — Et scellé du grand sceau de
cire jaune.

Police et Juridiction des Maîtres en Chirurgie.

Jaloux des prérogatives qui leur étaient accordées, les Maîtres en Chirurgie de la ville de Reims surveillèrent tous les
abus qui étaient de nature à porter atteinte à l'honneur de
leur art, et à déconsidérer leur noble profession.

Outre les visites faites aux Maîtres en Chirurgie de la ville par le Lieutenant, et à ceux des villages placés dans leur Juridiction, les Prévôts, en vertu de la permission des Juges de la Ville, en faisaient encore dans les maisons particulières, dans les hôtels, les prisons et les colléges.

Aucun Maître ne pouvait lever un appareil posé par un autre Maître, hors le cas d'un péril évident, qu'en sa présence, ou après une sommation bien et dûment faite, à peine d'interdiction, et de cinq cents livres d'amende.

Il était enjoint, sous les peines portées par les ordonnances et règlemens à tout Maître Chirurgien qui était appelé pour visiter les blessés ou d'autres malades, d'en donner avis aux curés des paroisses, aussitôt que leurs maladies ou blessures paraissaient dangereuses.

Il était expressément défendu à tous Barbiers-Perruquiers-Etuvistes et à leurs serviteurs, d'exercer la Chirurgie, et à tous les garçons Chirurgiens, qui n'étaient pas actuellement au service des Maîtres de la Communauté, d'exercer cet art à peine de confiscation de leurs instrumens, de cent livres d'amende, et d'une punition exemplaire, en cas de récidive.

Tous dommages-intérêts, ainsi que les amendes encourues par les contrevenans, étaient appliqués au profit de la bourse commune et perçus par le Prévôt qui était tenu de les créditer dans ses comptes.

Ces fonds, ceux qui provenaient des droits payés par les Récipiendaires, ainsi que le prix des visites faites par le Lieutenant aux Maîtres, servaient, avec d'autres cotisations, à payer la Lieutenance (cette charge s'achetait depuis 1696, ainsi que les Offices de Jurés royaux, quand ces Offices remplacèrent la Lieutenance).

COSTUME DES MAÎTRES EN CHIRURGIE.

Extrait du Registre des délibérations de la Communauté
(12 avril 1784).

« Le Lieutenant a exposé qu'il paraissait singulier au public que les membres d'une Compagnie qui exerçait un art aussi important et aussi noble que la Chirurgie, se trouvassent aux cérémonies publiques sans marques de distinction ; que le Roi, par lettres patentes du 10 août 1756, ordonne que ceux qui exercent la Chirurgie seront réputés exercer un art libéral et scientifique, et qu'ils jouiront des honneurs, distinctions et privilèges dont jouissent ceux qui exercent les arts libéraux ; que Sa Majesté veut aussi qu'ils soient du nombre des notables bourgeois des villes et lieux de leur résidence, et qu'ils jouissent des prérogatives attachées à cette qualité, etc. Elle accorde, en outre, indistinctement aux Maîtres en Chirurgie des différentes villes du royaume, qui ont obtenu de nouveaux règlemens, le droit de porter la robe longue et le bonnet carré, parce qu'une partie d'entre eux sont lettrés, d'où il a conclu que la Communauté des Maîtres en Chirurgie de la ville de Reims ne devait pas continuer de paraître dans les cérémonies publiques en costume qui ne la différenciait pas des autres Communautés, mais qu'elle devait faire choix d'un costume distinctif, afin de répondre aux intentions du Roi, qui ne cesse d'honorer la Chirurgie de plus en plus, et de mériter en même temps plus de considération de la part du public. »

L'affaire mise en délibération, il a été convenu d'une voix unanime que :

1° Les Maîtres en Chirurgie de la ville de Reims, pour assister aux cérémonies publiques, porteront un manteau court d'étoffe de soie ;

2° Ils porteront un rabat plissé et des gants blancs ;

3° Ils seront revêtus de ce costume principalement pour assister à la messe solennelle qu'on célèbre le jour de Saint-Cosme , au service qu'on fait le lendemain pour les confrères décédés, et à trois examens des Aspirans, savoir : la *Tentative*, le *premier* et le *dernier examen;*

4° Le Lieutenant et le Prévôt, lorsqu'ils convoqueront pour les Assemblées auxquelles les Maîtres doivent assister avec le costume , auront soin d'en faire mention sur les billets d'invitation.

Funérailles.

Pendant longtemps le mode observé pour assister aux obsèques des confrères n'avait rien de fixe. L'incertitude du cérémonial dut faire prendre une délibération ainsi conçue :

1° Arrivant le décès d'un confrère, le deuil sera conduit par l'un des Prévôts ;

2° Celui-ci portera la robe longue , s'il est Maître ès-arts ;

3° Il sera tenu de conférer avec la famille du défunt pour s'assurer du jour et de l'heure des funérailles, afin d'envoyer, au moins douze heures à l'avance, des billets d'invitation à tous les confrères ;

4° Ceux-ci porteront l'habit noir, le manteau de soie , un rabat de batiste plissé , la cravate blanche et des gants blancs ;

5° La Communauté marchera à la gauche du deuil ; les Maîtres iront deux par deux et par ordre de réception ;

6° Au retour du cimetière, et dans la maison obituaire, le Prévôt prononcera l'éloge du défunt au nom et en présence de la Compagnie.

*Notice des conclusions les plus intéressantes prises par la
Communauté des Maîtres Chirurgiens de la Ville
de Reims, depuis 1662 jusqu'en 1791.*

1° Du 23 novembre 1662, règlement pour la réception des
Maîtres de la Ville ; il prescrit onze examens ; il a été commencé dès le 15 mai 1656 (*Livre-Bleu, 2ᵉ partie, fol.* 1) ;

2° Du même jour, règlement pour la réception des Chirurgiens de campagne ; il exige quatre examens pour les
villes où il n'y a pas de Communauté, ainsi que pour les
bourgs, et deux pour les villages (*Livre-Bleu, 3ᵉ partie,
fol.* 1) ;

3° Onze décembre 1662, copie du traité par lequel la Communauté abandonne aux Révérens Pères Minimes, ses droits
sur la Confrérie de Saint-Cosme et Saint-Damiens, qui sont de
vingt deniers tournois pour chaque confrère et consœur ; s'en-
gagent les Révérens Pères de chanter premières vêpres, veille
de la fête, messe solennelle et vêpres le jour de la fête, et
messe des trépassés le lendemain (*Livre-Bleu, 2ᵉ partie,
fol.* 19) ;

4° Du 11 janvier 1663, fait lecture à l'Assemblée tenue
chez Henri Adam, Lieutenant, d'une signification de la part
du Roi de ne pas recevoir de Chirurgiens que, préalablement,
on n'ait employé quatre lettres données en faveur du mariage
du Roi et de la naissance de M. le Dauphin. Les Jurés ont
admis l'opposition et autorisé les Jurés à procéder pour la
défense du droit de la compagnie (*Livre-Bleu, fol.* 3) ;

5° Du 12 mai 1672, arrêté que les fils de Maîtres seront
dispensés de la semaine du troisième Juré (*Idem, fol.* 4).

6° Du 7 juin 1674, convenu chez Henri Adam, Lieutenant,
que le premier Juré sera *Conducteur* des Aspirans à la Maîtrise (*Livre en parchemin, fol.* 3) ;

7° Du 22 août 1630, convenu chez Henri Adam d'acheter une place pour tenir les Assemblées (*Idem, fol.* 3) ;

8° Du 23 février 1693, arrêté chez Henri Adam que les Maîtres qui manqueront aux Assemblées paieront, chaque fois, sept sols six deniers au premier Juré (*Idem, fol.* 5);

9° Du 19 mai 1693, emprunt de quinze cents livres à Meugis, en rente, pour payer deux charges de Chirurgiens-Jurés royaux, créées par édit du mois de février 1692 (*Idem, fol.* 8, *verso*);

10° Du 5 mai 1695, convenu que, pour payer la rente de cette somme, les Jurés feront, tous les trois mois, visite chez les Maîtres et veuves; que les Maîtres payeront, pour chaque visite, trente sols; fait défense, selon la conclusion du 23 février 1693, de lever les appareils des confrères, et oblige ceux qui feront les rapports d'en avertir le Premier Juré le jour qu'ils le mettront au greffe (*Idem, fol.* 10) ;

11° Du 8 janvier 1702, arrêté que les Maîtres en Chirurgie payeront six livres, par an, par chaque visite des Jurés, et les veuves, trois livres, et qu'il y aura deux visites par an (*Livre-en-Parchemin, fol.* 1, *verso*) ;

12° Du 17 août 1700, sentence rendue à Reims entre les Médecins et les Chirurgiens de cette ville, qui ordonne que le Conseiller et Médecin ordinaire du Roi, créé par édit de février 1692, et son collègue, assisteront aux actes de théorie des Aspirans pour la ville, comme du temps passé, et seulement, le premier, pour les Chirurgiens de campagne (*Livre-Bleu,* 2° *partie, fol.* 12) ;

13° Du 11 janvier 1701, règlement qui prescrit : 1° la forme des Assemblées qui ne se tiendront que chez le Doyen qui présidera ; 2° la conduite honnête que les Aspirans doivent tenir (*Livre-Bleu,* 2° *partie. fol.* 14) ;

14° Du 3 mai 1708, convenu que deux Chirurgiens s'assembleront tous les lundis avec les Médecins pour la consultation publique des pauvres ;

15° Du 25 juin 1717, ordre des examens pour les Aspirans ; il est à peu près semblable à celui des statuts de 1730 *(Livre-Bleu, 2ᵉ partie, fol. 7)* ;

16° Du 25 septembre 1725, convenu qu'on achètera la charge de Lieutenant du Premier Chirurgien du Roi, créée par édit de 1723, au nom de Pierre Larbre, sous condition qu'il l'exercera comme dépendante de la Communauté ; qu'il n'occupera d'autre place que celle de son rang de réception ; que les lettres de Maîtrise seront expédiées en son nom et signées du Doyen et des Jurés, sans que ledit Lieutenant puisse s'attribuer aucun droit à cet égard ; permet à Larbre de traiter avec M. Maréchal, Premier Chirurgien du Roi, et d'emprunter somme nécessaire pour payer sa charge ; convenu de la rembourser dans la suite, avec l'argent des Aspirans futurs *(Livre de la Communauté, fol. 1)*;

17° Du 4 mars 1726, installation de Pierre Larbre, Lieutenant du Premier Chirurgien du Roi, et de Jean-Baptiste Lebrun, Greffier *(Idem, fol. 1, verso)* ;

18° Du 26 septembre 1727, convenu : 1° que les réceptions se feront dorénavant au nom du Lieutenant, conformément à l'édit de 1723, et des statuts de Versailles *(Idem, fol. 4, verso)* ;

19° Du même jour, convenu que la messe de Saint-Cosme sera célébrée à l'avenir dans l'église des Révérens Pères Cordeliers. On leur a payé six livres tous les ans jusqu'en 1747 qu'on a ajouté trois livres *(Idem, fol. 4, verso)*;

20° Du 8 janvier 1731, arrêté que l'on continuera, jusqu'à sentence définitive, les poursuites intentées contre la dame Boismarin, sage-femme *(Idem, fol. 5, verso)*;

21° Du 5 octobre 1735, conclu que le jugement rendu contre

Remi Bernier, qui a fait la Barberie, sera exécuté *(Idem, fol.* 17) ;

22° Du 25 novembre 1735, convenu qu'on louera à M. Duchâtel, une petite maison, rue des Fusiliers, pour tenir les Assemblées et faire des démonstrations Anatomiques ; donné pouvoir à MM. Larbre, Dubois et Chevaillier de passer bail *(Idem, fol.* 22) ;

23° Du 27 juillet 1736, exposé que le R.-P. Augustin, Jean-Louis Hébert, neveu de l'exécuteur des hautes-œuvres, la sœur Raulet, ainsi que Jobar, Bonnetier, s'ingèrent de faire la Chirurgie ; arrêté qu'on poursuivra en justice les deux premiers jusqu'à sentence définitive *(Idem, fol.* 17) ;

24° Le 10 janvier 1746, on charge M. Museux, Prévôt, d'emprunter 1300 livres pour payer les offices créés en 1745 *(Livre-Bleu,* 2ᵉ *partie, fol.* 20, *verso) ;*

25° Du 26 janvier 1747, pouvoir est donné à Larbre, Lieutenant, de poursuivre l'appel que de Bihet a fait de la sentence rendue contre lui par M. le lieutenant-général de Police, le 9 mars 1747 *(Idem, fol.* 22) ;

26° Du 24 mars 1750, convenu que celui qui sera pourvu de la Lieutenance du Premier Chirurgien du Roi ne pourra s'en prévaloir ; que cependant il interrogera le premier, et que ses émolumens resteront à la masse avec ceux des autres Maîtres jusqu'après le remboursement des frais de cette charge *(Idem, fol.* 23) ;

27° Du 6 juillet 1750, installation de Nicolas Museux comme Lieutenant du Premier Chirurgien du Roi *(Idem , fol.* 23, *verso) ;*

28° Du 30 septembre 1751, pouvoir donné à Nicolas Museux, Lieutenant, Chevaillier et Guillaume Fillion de poursuivre Dénizard, qui exerce la Chirurgie comme dentiste, sans en avoir le privilége *(Idem, fol.* 24) ;

29° Du 9 décembre 1751, refus de se joindre aux Barbiers

pour poursuivre les Chamberlands (*Idem, première partie, fol. 2*) ;

30° Du 3 juin 1755, donné pouvoir à Jean-Baptiste Caqué, Prévôt, de faire diligence, afin de se munir de toutes pièces nécessaires pour continuer de poursuivre l'exécuteur des hautes-œuvres, et principalement d'un arrêt obtenu contre celui de Fontenay-le-Comte, le 8 mars 1755. (*Livre ces Conclusions, C. J., fol. 1er*) ;

31° Du 3 juillet, même année, on joint Museux, Lieutenant, à Caqué, Prévôt, pour le procès ci-dessus. (*Livre des Conclusions, C. K., fol. 21*)

32° Du 14 janvier 1756, décidé qu'on continuera les poursuites commencées contre Grécy, se disant Inspecteur des Opérateurs de France, et cela, à la diligence de Caqué, Prévôt, qui demandera arrêt de défense au Parlement et permission de saisir Grécy au corps, etc., ce qui a été obtenu (*Idem, fol. 4*) ;

33° Du 4 février 1756, Assemblée où l'on fait lecture d'une signification faite par Grécy à Caqué, Prévôt, d'un arrêt du grand conseil, obtenu sur requête le 30 janvier précédent, qui fait défense de troubler Grécy dans ses fonctions, permet d'assigner les contrevenans ; d'un autre arrêt du 20 janvier, aussi obtenu sur requête à la même cour, qui déclare nul le jugement rendu à Reims, le 18 dudit mois, ensemble l'arrêt du Parlement du 29 janvier, dit que l'ordonnance de la Prévôté de l'hôtel du 18 janvier ne sera exécutée, déclare la saisie des remèdes du sieur Grécy et toutes autres procédures faites nulles ; ordonne que le dépositaire des drogues sera forcé, même par corps, de les lui remettre (*Idem, fol. 5, 6 et 7*). — Grécy est sorti de Reims le lendemain.

34° Du 5 mai, installation de M. Rainssant, teinturier, comme Greffier du Lieutenant du Premier Chirurgien du Roi (*Idem, fol. 9*).

35° Du 26 septembre 1765, donné à MM. Museux, Lieutenant, et Robin, Prévôt, de poursuivre en justice la nommée Dubois, qui saigne, à l'Hôtel-Dieu, des femmes, malgré la défense du Médecin ;

36° Du 10 novembre 1768, pouvoir donné à Museux, Lieutenant, et à Méric, Prévôt, de poursuivre toutes personnes qui s'ingèrent de faire la Chirurgie (*Idem fol.* 10);

37° Du 11 juin 1771, installation de Quantinet, en qualité de Greffier du Premier Chirurgien du Roi ;

38° Du 22 février 1783, convenu qu'on fera célébrer un service, aux dépens de la bourse commune, pour le repos de l'âme de Nicolas Museux, décédé le 10 du même mois, et que cela aura lieu, par la suite, pour tous les autres confrères (*Idem fol.* 14);

39° Du 10 avril 1783, installation de Jean-Baptiste Caqué, en qualité de Lieutenant du Premier Chirurgien du Roi (*fol.* 15 *et* 16).

MAÎTRES, JURÉS, PRÉVOTS.

ORIGINE ET DATE DE CES TROIS TITRES.

—

Avant de faire connaissance avec les Maîtres, les Jurés et les Prévôts qui ont exercé leurs charges dans la Communauté de Reims, j'ai pensé qu'on apprendrait avec plaisir l'origine de ces divers titres, et l'époque où ces dénominations ont pris date; je me suis donc livré à de laborieuses recherches à cet égard, et voici ce que j'ai trouvé :

Le mot *Maître*, appliqué aux Chirurgiens, remonte au XIIIe siècle : *Per dilectum* MAGISTRUM *Pitardi Chirurgicum nostrum, nisi per* MAGISTROS *Chirurgicos* (1) ,

Notum facimus quod inter MAGISTROS *nostros Chirurgicos* (2) ;

Per fideles nostros MAGISTROS *Chirurgicos* (3) ;

Compluresque venerabiles Chirurgicæ artis MAGISTROS..... *aut alicujus* MAGISTRI *in Chirurgiâ* (4) ;

Solemniter Congregatis in artibus et Chirurgiâ MAGIS-TRIS....... MAGISTRI *Parisienses in arte Chirurgiæ nobis exposuerunt* (5) ;

---

(1) Edit de Philippe-le-Bel.
(2) Edit du Roi Jean, 1356,
(3) Edit de Charles V, même siècle.
(4) Statuts des Chirurgiens, 1379, art. IV.
(5) Lettres de l'Université de Paris.

5

Prædecessores in scientiâ et arte Chirurgiæ MAGISTRI (1);

Quod nullus Compareret in artibus MAGISTRORUM *Chirurgicorum*..... *Deputati autem fuerunt* MAGISTRI *Chirurgici* (2) ;

Etienne Boileau rapporte, dans son *Livre des Métiers*, une ordonnance qui est sans date, mais qu'il affirme être de la fin du XIIIᵉ siècle, et où, pour la première fois, à l'occasion des Chirurgiens, il est question de *Jurés :* « *Les noms des VI Cyrurgiens-Jurez examinecur sont teil : Mestre Henri don Perche; Mestre Vincent son fieux; Mestre Robert le Convers ; Mestre Nicholas son frère ; Mestre Pierre des Hales et Mestre Pierre Joce. — Cy commenche l'histoire des Cyrurgiens contenant les faicts des Cyrurgiens fondés par Monseigneur saint Lohis en la noble cité de Parhis, pour la Confrairie de Messeigneurs saint Cosme et saint Damiens* (3). »

Plus tard, on retrouve les Jurés remplissant leurs fonctions sous Philippe-le-Bel.

« *Chirurgicos* JURATOS *morantes Parisiis* (4). »

Puis on les voit au Châtelet, sous le Roi Jean et Charles V.

« *Nostros Chirurgicos* JURATOS *in Castelleto* (5).

» *Dilectos nostros* JURATOS *Castelli nostri* (6). »

En ce qui concerne les *Prévôts*, Etienne Pasquier s'exprime ainsi :

« Je sçai que plusieurs sont d'advis que la dignité Prévostale a été tirée des Romains, estimans que lorsque les Français ar-

(1) Lettres émanées de la Faculté de Médecine.
(2) Assemblée de la Faculté, 1506 et 1508.
(3) Extrait du *Livre des Métiers* d'Etienne Boileau, p. 419. — Leclerc du Brillet.
(4) Edit de Philippe-le-Bel.
(5) Édit du roi Jean, 1360.
(6) Édit de Charles V.

·rivèrent ès Gaules, ils trouvèrent chaque cité garnie de ses
Prévôts ; mais je suis induit davantage à penser que c'est un
tistre et un estat venu en usage depuis le temps de Charle-
magne et de Louis-le-Débonnaire, en 816, car en cette façon
les voyons nous estre appelez ès anciennes lettres de nos
Roys (1).

Ce qu'il y a de certain, c'est qu'on ne voit ce titre apparaître
qu'en 987, sous Hugues-Capet (2).

La première application qui en fut faite au corps des Chirurgiens date de l'édit de Philippe-le-Bel, de 1311, « par lequel, narration préalable faicte des abus qui se comettaient au
faict de *Cyrurgie*, il voulut en extirper la racine. »

Un édit du roi Jean, d'avril 1352, porte « qu'il sera eslu,
de deux ans en deux ans, un Prévôt pour seconder les deux
Chirurgiens-Jurés du Roi. « *Præpositum Chirurgicorum Ju-
ratorum Parisiensium.* « Lesditz Cyrurgiens disoient que le
Prévost desditz Cyrurgiens qui est eslu et estably, les doit appeler à l'examen faire. »

On lit enfin dans un édit de Charles V, du mois d'octobre
1364, « *In Perpetuum* Præposito *Chirurgicorum.* — Præpositum *Chirurgicorum et Confratres modernos et futuros.*
— Præpositum *dictorum Chirurgicorum.*

(1) Et. Pasquier, liv. II, chap. XIV, p. 120.
(2) *Abrég. Chronolog. de l'hist. de France*, p. 109.

CHAPITRE V.

Dom Jean Frison.
Dom Guillaume Pêcheur.
Dom-Henri Bourgeois.
Antoine Pêcheur.
Jean Jobart.
Jean Wuatry.
Claude Quartier.
Pierre Quaize.
Remi Pêcheur.
Pierre Richelet.
Simon Wuatry.
Henri Testelet.
Jean Rozé.
Jean Lacaille.
Jean Suisse.
Simon Barbier,   nommé en 1628 *Chirurgien de l'Hôtel-Dieu,* en remplacement de *Henri Grandidier.*
Aubry Pinchard,   Maître en 1610.
Gilles Paillard,   *Id.*   1617.

Remi Wuatry,	Maître en 1617.
Jean Camuzet,	*Id.* 1619.
Henri Pécheur,	*Id.* 1620.
Claude Tauxier,	*Id.* *id.*
Jérôme de Luquy,	*Id.* 1621.
Claude Cliquot,	*Id.* 1622.
François Oudin,	Premier Juré en 1663, Doyen en 1667.
Henri Suisse,	Maître en 1632, Premier Juré en 1664, Doyen en 1680.
Etienne Michel,	Maître en 1632.
Louis Dubois,	Premier Juré en 1667.
Jean Charlier,	nommé en 1639 *Chirurgien de l'Hôtel-Dieu*, en remplacement de *Simon Barbier*.
Henri Adam.	Lieutenant du Premier Chirurgien du Roi en 1656, et *Chirurgien de l'Hôtel-Dieu* (1)
Pierre Lepoivre,	Maître en 1663.
Jean Legresle,	Premier Juré en 1669.
Jean Paillard,	Maître en 1670.
Gilles Collin,	Premier Juré en 1671.
Jean Testelet,	*Id.* en 1673 (2), Doyen en 1694.
Nicolas Jouët,	Doyen en 1673.
Pierre Chevenot,	Premier Juré en 1675.
Nicolas Colin,	*Id.* en 1676.
Nicolas Jobart,	*Id.* *Id.*, *Chirurgien de l'Hôtel-Dieu*, décédé en 1682.
Nicolas Lallemant,	Premier Juré en 1681, *Chirurgien de l'Hôtel-Dieu*, en remplacement de Jean Charlier.

(1) *Livre-Bleu* (des réceptions) f° 3.
(2) Année où l'on a pris le registre en parchemin.

Nicolas Meugis,	Maître en 1656, Premier Juré en 1663.
François Moreau,	*Id.* en 1657, *id.* en 1665.
Etienne Dubois,	*Id.* en 1661, *id.* en 1668 et en 1669.
Claude Copillon,	Maître en 1662, Premier Juré en 1670 et 1685, Doyen en 1696.
Ponce Martin,	Maître en 1663, Premier Juré en 1672 et en 1687.
Pierre Legrand,	Maître en 1664, Premier Juré en 1674 et en 1689.
Guillaume Lebrun,	Maître en 1664, Premier Juré en 1676 et en 1691; nommé *Chirurgien de l'Hôtel-Dieu*, en 1692, en remplacement de Nicolas Jobart.
Clément Fillion,	Maître en 1666, Premier Juré en 1678.
Nicolas Châtelain,	*Id.* en 1667, *id.* en 1680 et en 1693.
Henri Marc,	Maître en 1669, Premier Juré en 1682 et en 1697.
Marc Antoine,	Maître en 1671, Premier Juré en 1684 et en 1698, Doyen en 1714.
Ponce Jouët,	Maître en 1672, Premier Juré en 1686, 1694, 1700.
Oudart Colin,	Maître en 1674, Premier Juré en 1688, 1702.
Jean-Bap. Meugis,	Maître en 1694, Premier Juré en 1600, nommé en 1693 *Chirurgien de l'Hôtel-Dieu*, en remplacement de Lebrun, Doyen en 1718.
Jacques Henrić,	Maître en 1675, Premier Juré en 1692, selon l'édit royal de la même année, nommé *Chirurgien de l'Hôtel-Dieu*, en 1704, en remplacement de Meugis.

Jean Chevenot,   Maître en 1673, Juré en 1695, 1697 et en 1706, vice-Doyen en 1723, Doyen en 1725, décédé en 1728.

Claude Chevaillier, Maître en 1673, premier Juré en 1697.

Claude Meunier,   Maître en 1680, Premier-Juré en 1697.

Pierre Hannisset,   *Id.* en 1684.

Pierre Hermonville, *Id.* en 1684, Vice-Doyen en 1725, Doyen en 1728, décédé en 1738.

Simon Picart,   Maître en 1691, Prévôt en 1728, nommé *Chirurgien de l'Hôtel-Dieu* en 1711, en remplacement de Jacques Henrié.

Jean Deseaulx,   Maître en 1692, Premier Juré royal en 1703.

Jean Dubois,   Maître en 1695, Premier Juré en 1705-12.

Pierre Fillion,   Maître en 1699, Premier Juré en 1707-14.

Nicolas Copillon,   Maître en 1701, Premier Juré en 1703-16.

Nicolas Murtin,   *Id.*   *Id.*

Jean Fillion,   Maître en 1704, Prévôt en 1729.

Antoine Dodet,   *Id.* en 1710, Premier Juré en 1717-22.

Pierre Museux,   Maître en 1717, Prévôt en 1751-52, décédé en 1752.

Pierre Larbre,   Maître en 1720, Premier Juré en 1721-25, *Chirurgien de l'Hôtel-Dieu*, Lieutenant du Premier Chirurgien du Roi en 1726 (1), décédé en 1750.

J.-Franç. de Bihet, Maître en 1722, Prévôt en 1731-35.

Lié Dubois,   *Id.* en 1723, Prévôt en 1737, décédé en 1763.

Jean Chevalier,   Maître en 1725, Prévôt en 1739-40-56-57.

Jean Deseaulx,   Maître en 1728, Prévôt en 1735-36, décédé en 1765.

(1) *Livre-Bleu*, fol. 60.

Guillaume Fillion,	Maître en 1735, Prévôt en 1741-42-61-62, décédé en 1784.
Pierre Hourdet,	Maître en 1735, décédé en 1784.
Touss. Ponsardin,	*Id.* en 1735, Prévôt en 1743-44, décédé en 1770.
Nicolas Museux,	Maître en Chirurgie en 1736, Prévôt en 1745-46, Lieutenant du Premier Chirurgien du Roi en 1750, *Chirurgien de l'Hôtel-Dieu*, décédé le 10 février 1783.
Sim.-L. Chrétien,	Maître en 1740, Prévôt en 1747-48, décédé en 1780.
Jean-Bap. Orgelet,	Maître en 1743, Prévôt en 1750-64, décédé en 1776.
Barthelemi Méric,	Maître en 1749, Prévôt en 1768-69, décédé en 1769.
Jean-Bap. Caqué,	Maître en 1751, Prévôt en 1755-56-70-71-81, Lieutenant du Premier Chirurgien du Roi en 1783, *Chirurgien de l'Hôtel-Dieu* en remplacement de Larbre, Doyen en 1784, décédé en 1787.
Touss. Ponsardin,	Maître en 1754, Prévôt en 1759-60-72-73, Vice-Doyen en 1784.
Antoine Quantinet,	Maître en 1758, Prévôt en 1763 et en 1766, Greffier en 1771.
Pierre Robin,	Maître en 1760, Prévôt en 1765-67.
Pierre Museux,	*Id.* en 1769, *id.* en 1774-75-84-85, en 1791 *Chirurgien de l'Hôtel-Dieu*, en remplacement de son père, Nicolas Museux ; décédé en 1797.
Jean Husson,	Maître en 1771, Prévôt en 1776-77 et 1786,

L.-Phil. Rousseau, Maître en 1778, Prévôt en 1782-83, nommé en 1784 *Chirurgien en chef de
l'Hôtel-Dieu*, en survivance de Caqué,
décédé en 1787.

Nicolas Noël, Maître en 1786, Lieutenant du Premier
Chirurgien du Roi en 1788, nommé,
en 1786, *Chirurgien en chef de l'Hôtel-Dieu*, décédé le 12 mai 1832.

Ed.-L. Lafontaine, Maître en 1789, décédé en 1844.

Jean-Bapt. Caupain. *Id.* en 1792.

En consultant ce tableau synoptique, on voit que de l'année 1604 jusqu'en 1794, c'est-à-dire dans l'espace de près
de deux siècles, la Communauté des Chirurgiens de Reims a
reçu, pour la ville seulement, 90 Maîtres (un peu plus d'un
tous les deux ans); qu'elle a eu 33 Jurés, 20 Prévôts, 4
Lieutenans, 8 Doyens, et qu'elle a compté, dans son sein,
13 Chirurgiens de l'Hôtel-Dieu.

Je termine en donnant la liste des Maîtres en Chirurgie de
la campagne, avec la date de leur réception à Reims, depuis
1662 jusqu'en 1790, et le lieu de leur résidence; leur nombre est de 187. En parcourant cette liste avec attention, on
verra jusqu'où s'étendait le pouvoir du Lieutenant du Premier
Chirurgien du Roi, et l'on trouvera veufs aujourd'hui de pra-
ticiens, des villages qui en possédaient à cette époque et dont
le voisinage a sans doute cessé de pouvoir fournir à une honorable existence.

Quant à mes confrères des localités qui ont conservé leur
poste médical, ils seront heureux, je l'espère, de connaître
les noms, trop facilement oubliés, de ceux qui les ont pré-
cédés dans leur rude et ingrate carrière.

TABLEAU

Des Maîtres en Chirurgie de la campagne, reçus à Reims,

DEPUIS 1662 JUSQU'EN 1790,

Avec le lieu de leur résidence et la date de leur réception.

Lieutenance de Henri Adam.

Jean Lagoille,	. . . .	30 juillet 1663.
Drouin Chamelot,	Sillery,	20 novembre 1663.
Jean Griffon,	Cormicy,	30 octobre 1664.
Mathurin Etienne,	Jonchery,	2 novembre 1664.
François Carron,	Sévigny,	8 mai 1665.
J. Chevalier,	Isle,	6 juin 1665.
Nicolas Henry,	Juniville,	15 octobre 1665.
Antoine Sacré,	Sévigny,	20 octobre 1665.
Jacq. de Fraudre,	Villedommange,	30 avril 1675.
Jean Maricotel,	Verzy,	30 décembre 1675.
Nicolas Colson,	Rilly-la-Montagne,	3 janvier 1676.
Jean Picard,	Fismes,	7 octobre 1676.
François Crance,	Chamery,	8 novembre 1676.
Nicolas Petit,	St-Hilaire-le-Petit,	6 juillet 1677.
Jean Galland,	St-Masme,	4 août 1678.
Pillois,	Fismes,	12 septembre 1678.
Brice Thomé,	Signy-l'Abbaye,	12 février 1680.
Nicolas Pommier,	Aubérive,	4 mars 1681.
Pierre Savart,	Marfaux,	13 mars 1681.
François Verlac,	Fismes,	24 avril 1681.

Pierre Bourrin,	Ville-en-Tardenois,	23 octobre 1681.
Philbert Landragin,	Boult-sur-Suippe,	3 décembre 1682.
.... Secondé,	Sept-Saulx,	9 décembre 1682.
Thomas Labre,	Nogent-l'Abbesse,	21 décembre 1682.
J. Recheau,	Courville,	27 juin 1685.
J.-Réné Corvisart,	Attigny,	17 novembre 1685.
P. Lecomte,	Jonchery,	. . . .
Nicolas Moranvillé,	Attigny,	17 novembre 1685.
Jean Carré,	Saulx-St-Remi,	18 novembre 1686.
Jean Dubour,	Arcy-le-Ponsart,	19 novembre 1686.
Antoine Gardet,	St-Thierry,	10 novembre 1687.
..... Robin,	Avaux,	16 janvier 1688.
Nicolas Pumier,	Châtillon-sur-Marne,	10 juillet 1689.
Antoine Fovot,	Fismes,	3 septembre 1689.
Jean Hanrot,	Aubérive,	4 avril 1690.
Jean Carré,	Cormicy,	8 juin 1690.
Jac. L'Ecaillon,	Hautvillers,	25 septembre 1690.
Blaise Caperon,	Pontfaverger,	9 novembre 1690.
..... Tangenot,	Juniville,	19 avril 1691.

Présidence du Premier Juré Royal.

Guillaume Aubert,	Saulx-St-Remi,	15 mai 1694.
Joseph Menestier,	St-Hilaire-le-Petit,	21 avril 1695.
..... Nidart,	Rilly-la-Montagne,	2 novembre 1695.
Louis Helairin,	Sévigny,	27 mars 1696.
Jean Boucher,	Caurelle-lès-Lavannes,	1er mai 1696.
Jean Leclerc,	Le Vieil-St-Remi,	3 mai 1696.
François Chirat,	Beaumont-en-Argonne	..... 1696.
Jean Royer,	Allendhuy,	1er août 1696.
Nicolas Laurent,	Sévigny,	17 août 1696.
Nic. Desmoulins,	Reneville,	20 décembre 1696.
Paul Lechoc,	Bisseuil,	. . . .

Joannès Hardy,	Flaignes,	11 janvier 1697.
Philippe Aubry,	Aubigny,	22 janvier 1697.
Nicolas Brodereau,	Avanson,	12 juin 1697.
Nic. Champenois,	Verzenay,	5 août 1699.
Nicolas Poreau,	Signy-l'Abbaye,	25 août 1699.
Jean Gagnereux,	Villers-Allerand,	2 septembre 1699.
Claude Manceaux,	Ville-Dommange,	28 avril 1700.
Etienne Bévière,	Sévigny,	2 avril 1700.
François Vély,	Crugny,	30 septembre 1700.
Charles Colignon,	Allendhuy,	12 octobre 1700.
Nicolas Piat,	Avanson,	9 novembre 1700.

Présidence du Doyen.

Claude Manceaux,	Sorti de Ville-Dommange pour Fismes,	20 octobre 1701.
Mercure Mory,	Boult-sur-Suippes,	11 novembre 1701.
Philippoteau,	Beaumont-en-Argonne.	21 avril 1702.
Philippe Cousinot,	. . . .	12 juin 1702.
. . . . . Buspin,	Neufchâtel-sur-Aisne,	26 août 1702.
Laurent Barry,	Saulx-Saint-Remi,	22 octobre 1702.
Nicolas Jactat,	Sept-Saulx,	11 novembre 1702.
Michel Mennesson,	Cormicy,	12 juillet 1703.
Charles Leclerc,	Juniville,	10 décembre 1703.
Jean Mitiaux,	Juniville,	9 février 1704.
Pierre Fleury,	Fismes,	14 mai 1705.
Pierre Continot,	Le Vieil-Saint-Remi,	4 janvier 1706.
Quentin Lacorre,	Avaux,	2 octobre 1706.
François Jacquet,	Chaumuzy,	8 août 1707.
Jacques Renault,	Givry,	1er octobre 1707.
Charles Cousin,	Aubérive,	10 octobre 1708.
François Picart,	Bourgogne,	11 février 1710.
Jean Valence,	Savigny-sur-Ardre,	15 novembre 1710.

Raymond Mercier,	Isle,	7 janvier 1711.
Charles Meugis,	Attigny,	20 janvier 1711.
J. B. Grisolet,	Fismes,	8 mai 1714.
Nicolas du Grez,	Senuc,	. . . .
François Bahuet,	Beine,	29 mai 1714.
Louis Meugis,	Allendhuy,	19 mars 1715.
P. Murteux,	Cormicy,	1ᵉʳ avril 1715.
Jean Olivier,	Cumières,	20 mai 1715.
Nicol. de Persigny,	Signy-l'Abbaye,	22 octobre 1715.
Jacques Corvisart,	Attigny,	23 juillet 1716.
Jean Moizet,	Tugny,	25 novembre 1716.
Pierre Boileau,	Witry-les-Reims,	1ᵉʳ février 1717.
Bertr. du Château,	Boult-sur-Suippe,	16 février 1718.
Louis Huillaume,	Cormicy,	20 avril 1719.
François Nidart,	Rilly-la-Montagne,	9 juin 1719.
Jean-H. Grisolet,	Fismes,	31 août 1719.
Nicolas Aulmont,	Cormicy,	22 octobre 1720.
P. Artiganabe,	Aubigny, près Rocroy,	18 mars 1721.
Charles Savart,	Avenay,	13 mai 1722.
L.-Arm. Taugenau,	Cormicy,	24 août 1722.
Jean Caillet,	Verzy,	31 mai 1723.
Laurent Bourin,	Cormicy,	28 septembre 1723.
Jean L'Ecaillon,	Hautvillers,	4 novembre 1723.
Nicolas Déa,	Berru,	*Id.*

Lieutenance de Larbre.

Pierre Gerardin,	Murtin, près Charle-ville,	4 octobre 1726.
Henri Aubry,	Ville-en-Tardenois,	16 octobre 1726.
Honoré Moranvillé,	Attigny,	30 octobre 1726.
Nicolas Rivière,	Sacy,	11 novembre 1726.
Antoine Fauveau,	Fismes,	16 juillet 1727.
Jean Denize,	Pontfaverger,	*Id.*

J.-F. Chauveaux,	Cormicy,	10 mai 1728.
Valderié Vuiart,	Isle,	11 octobre 1728.
P. Hourdet,	de Villers-Marmery,	
	agrégé à Reims,	3 août 1729.
Joseph Périn,	Château-la-Ville,	30 juillet 1731.
Claude Bonjean,	Montfaucon,	6 septembre 1731.
J.-B. Vauversin,	Ludes,	3 février 1733.
Jean Didier,	Gueux,	19 mars 1733.
Jean Pérard,	Berru,	31 août 1733.
Philippe Beuzart,	Rethel,	30 décembre 1733.
Charles Leseur,	. . . .	28 septembre 1734.
Jean Chevaucheur,	Beine,	9 mars 1735.
François Bourgeois,	Chaumuzy,	29 . . . . 1735.
P. Lansart,	Lagery,	19 janvier 1736.
Jacques Porrot,	Signy-l'Abbaye,	26 mars 1736.
Charles Robert,	Ay,	25 mai 1736.
P. Rameau,	Fismes,	31 janvier 1737.
Nicolas Jactat,	Fismes,	8 janvier 1738.
Charles Robert,	Sorti d'Ay pour Eper-	
	nay,	13 mars 1738.
Jean-Claude Jupin,	Sévigny,	29 mars 1738.
Jean Homo,	passe de Courville à	
	Villers-Marmery,	6 juillet 1739.
Claude Boucher,	Verzenay,	23 octobre 1739.
P. Fillion,	Berru et Rilly,	2 juillet 1740.
J.-Raym. de Bihet,	Attigny,	6 juin 1741.
J.-Antoine Picard,	St-Hilaire-le-Petit,	9 janvier 1742.
Jean Lefené,	. . . .	11 avril 1742.
Louis Duruel,	Attigny,	3 juillet 1742.
Nicaise Bévière,	Sévigny,	12 mars 1743.
J.-B. Caqué,	de Rilly, passe à	
	Reims,	17 juin 1743.
Claude Chrétien.	Gueux,	6 février 1750.

Lieutenance de Museux.

J.-Simon Robert,	Prunay,	10 mai 1751.
Claude Dantheny,	Cormicy,	24 mai 1751.
P. Chabaud,	Boult-sur-Suippe,	12 juillet 1751.
Jean-Paul Maillet,	Rilly-la-Montagne,	28 juillet 1751.
J.-Nicolas Caillet,	Verzy,	22 novembre 1752.
Joseph Devois,	Cumières,	1er août 1754.
Louis Lecamus,	de Pouillon, passe à Hermonville,	8 janvier 1755.
Remi Bruneau,	Poilly,	15 mars 1755.
Louis Brion,	Chagny-les-Omont,	3 septembre 1755.
Louis Féart,	Cormicy,	23 décembre 1755.
P.-François Pinté,	Pontfaverger,	14 juin 1757.
N. Moranvillé,	Attigny,	10 octobre 1757.
J.-B. L'Ecaillon,	Hautvillers,	9 janvier 1758.
Jean Limoge,	passe de Givry à Amagne,	9 février 1762.
J.-Benoit Boileau,	passe de Berru à Ville-Dommange,	3 août 1763.
P.-Benoit Boileau,	Vitry-les-Reims,	2 août 1763.
F.-Joseph Boudet,	Signy-l'Abbaye,	23 octobre 1765.
François Loureau,	Bourgogne,	11 mars 1766.
R.-J. Bruneau,	Asfeld,	12 février 1770.
P.-Thomas Rivière,	Sacy, passe à Saint-Quentin,	6 mars 1770.
L.-S. Chevaucheur,	Epoye,	22 juin 1773.
J.-Joseph Brocart,	Cormicy,	7 décembre 1773.
A.-F. Chantelou,	Auviné,	11 avril 1775.
Jacques Chausson,	Verzy,	16 août 1775.
Remi Gallot,	St-Hilaire-le-Petit,	29 février 1776.
Martin Chabaud,	Boult-sur-Suippe,	19 mai 1778.
J.-Bapt. Leseure,	Attigny,	27 mai 1773.

Philippe Pécoux,   Maubert-Fontaine,   26 août 1773.
Simon Leclerc,   passe d'Aubigny à Vieil-
                        St-Remi,   28 août 1780.
J.-Sim. Guilloteau, ...   20 février 1782.
J.-Théop. Chébeuf, Pouillon, Thil, Ouchy, 28 février 1782.

Lieutenance de Caqué.

J.-B.-E. Bévière,   Signy-l'Abbaye,   8 avril 1782.
Philbert Moranvillé, Attigny,   3 mai 1783.
J.-Bapt. Leblanc,   Montfaucon,   17 juin 1783.
J.-Charles Thieriet, Auviné,   14 juillet 1783.
Claude Thieriet,   Juniville,   *Id.*
J.-B.-L. Duruelle,   Attigny,   11 novembre 1783.
J.-Louis Mabon,   Asfeld,   9 janvier 1784.
S.-Pierre Béglet,   Prunay,   16 mars 1784.
J.-Bapt. Richard,   Berru,   15 juin 1784.
Pierre Jupin,   Sévigny,   31 mars 1785.
Sébastien Fauchart, Pontfaverger,   6 avril 1785.
Jean-Basle Caillet,   Verzy,   9 mai 1785.
J.-Martin Hortet,   Aubigny,   23 août 1785.
J.-Bernard Despax, Bourgogne,   23 août 1785.
J.-Jacq. Marache,   Renneville,   25 août 1785.
Jacques Dufeux,   Chigny,   24 juillet 1788.
Edme Vidal,   Berru,   20 février 1789.
Jean Thuly,   Prunay,   28 mai 1789.

FIN.

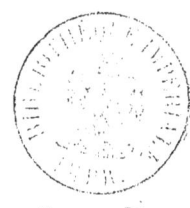

TABLE DES CHAPITRES.

Du même Auteur :

HISTOIRE DES APOTHICAIRES,

Un vol. in-8°

POUR PARAITRE A LA FIN D'AVRIL

HISTOIRE DE LA PESTE NOIRE

(1346 - 1347 - 1348 - 1349),

Un vol. in-8°